KB098166

붉은 광장이 소란하다

J.H CLASSIC 093

붉은 광장이 소란하다

현순애 시집

지혜

시인의 말

때때로 내 안을 적시던
습한 언어들이
한소끔,
소나기로 내리는 오후

얼굴 붉어진 것들 한데 버무린
詩 한 보시기
투박한 질그릇에 담아냅니다.

2023년 여름
현 순 애

차 례

1부

2부

3부

4부

• 일러두기
  페이지의 첫줄이 연과 연 사이의 띄어쓰기 줄에 해당할 경우 > 로 표시합니다.

1부

구멍

구멍은 생의 출발점이지

여자의 엄마
그 엄마의 엄마, 그 엄마의 엄마의 엄마는
동굴 속에서 쑥과 마늘 먹고
사람이 되었다지
따뜻하고 아늑한 동쪽 끝 고요 속에서
여자를 완성하고
한줄기 폭포수로 쏟아질 때
스스로 펼쳐진 낙하산처럼
우주의 기와 접선했다지
작은 빛에도 반응했을 눈구멍부터
농밀한 밤꽃에도 벌렁거렸을 콧구멍
첫 새벽 목울대 세우던 목구멍
소리에 촉각 세워 귀 기울였을 귓구멍
또, 은밀한 그 구멍까지
엄마를 쏙 빼닮은 여자
오십 고개 넘어 찾아온 폐경
고립의 구멍과 관절에서 부는 바람 소리에
목젖 무너져 내린 의식 꺼진 밤이면

입 벌린 채 드르렁드르렁 집 한 채 흔들고
스스로 흔들다 구멍들 헐거워져
집 무너져 내릴 때면
다시 왔던 길 되짚어 돌아갈 터

구멍은 생의 종착점이지.

칼로 물 베기

우리의 경계는 어디쯤일까
예보는 빗나가지 않아
냉랭한 공기가 밀어 올린 전선에 천둥 번개 친다
휘모리장단으로 뼛속까지 꽂히는 물방울들
가려운 등 시원하게 긁어주던 당신은
빗발치는 한랭전선의 차가운 소나기
바닥을 알 수 없는 표정 사이
무성하게 자란 가시나무숲에서
당신은 붉으락, 나는 푸르락
읽히지 않는 먹구름 속에서 당신은 각을 세우고
뾸 움켜쥔 나는 빙점에 서 있다

얼음장 밑에서도 물이 쉬지 않고 흘러가는 것은
잡은 손 놓지 않기 때문이리
모래 둔덕에 서로의 허물 하얗게 묻어두고
갈댓잎에 울음 파랗게 매달고 가기 때문이리
비등점 향해 치닫던 세 치 혀의 어둡고 차가웠던
서로의 문장 냇물에 풀어 보면
물감 퍼지듯 서로에게 스미는 당신과 나의 사랑
칼로 다시 물 베어보면
우리의 경계는 또 어디쯤일까.

달팽이

교과서 밥 말아 먹어
길 어둑한 여자
웅크렸던 어둠
둥글게 말아 지고
촉수 내밀어 온몸 밀어
홍등가 불빛 더듬는다

눅진한 골목 찾아드는
허기진 군상들
술을 마실까, 여자를 마실까
끈적대는 밤

웃음 팔고 사는 홍등 불빛 아래
고단했던 하루 뜨겁게 배설해 놓고
가벼워진 지갑들 휘적휘적 갈지자 그리면
아직도 내려놓지 못한 등짐 진 채
이우는 달그림자 베고
새벽 누인다.

피아노

나를 연주하는 이 누구인가

쌓인 먼지 털어내고
강하고 부드럽게
나를 조율한다

예민하게 반응하던 감성의 조율기
늘어지고 녹슨 선 앞에서
돌려 감는 손끝에 닿는
이성의 음감 어줍다

곡 하나 제대로 완주할 수 있을까
달려온 세월이 건반 뒤에서
해머처럼 종주먹 쥔 채
주름살로 늘어진 현 앞에 서 있다

헝클어진 우주의 입술 열어
치열 고른 여든여덟 계단 무지갯빛 옥타브
자유롭게 발 디뎌보면
세상 아우르는 섬세한 숨결

슬픔도 기쁨도 우울도 환희도
모두가 물결 따라 체득하는 일이다
플랫 되는 감정 올려잡고
깊게 지르는 공명
때론 선율로, 때론 화음으로 하나 되는 하모니
천상으로 오르는 희고 검은 계단에 새겨지는
이름 하나
피아노포르테.

봄바람

집 나갔던 강생이
지난 계절 어디서 쏘다니다 왔는지
묻지 않기로 하자

한때 광야에서
드넓은 초원에서
갈기 휘날리던 수컷이다

명지바람 꽁지
붓끝에 묶어
탱탱이 부푼 젖가슴
건들건들 희롱하는,
허공에 대고 속살 여는
태어나는 것들의 아비다

봄 물결 출렁이는
목덜미 붉은 어린 사월이 초상
수채화로 완성하고
홀연히 떠나가는 화공이다

>
싱싱하게 물오르는 오월이년 엉덩짝 그리며
지느러미에 근육 만들고 있다는
풍문,
뜨겁다.

때밀이 하나님

주일 아침 목욕탕
부끄러운 기색도 없이 활보하는 사람들
순한 양 머리 하고 지은 죄 불린다

삼삼오오 건식 습식 오가며 묵상하다
찬물 바가지 세례받고
탕 속에 들어앉은 저 하얀 발목들

시계추 같은 믿음 생활 회개하며
온몸 담가 보지만
금세 턱턱 막히는 숨통

세신 탁자에 죄 펼쳐 놓으면
은밀한 곳의 묵은 죄까지 닦아
세상 시원하게 긁어주시는
손길 지나간 자리마다 새겨지는
하나님, 하나님 음성

탕자야
너는 내 아들이라.

해탈

바랑 등에 메고
탁발 나서는 달팽이

나를 버리니 세상 가볍다

민달팽이 지나간 길 환하다.

하늘 나는 물고기

잔잔한 척, 시침 떼고 있는 저수지
연신 물의 혀 굴리며
허리까지 수장된 버들개지 핥고 있다

둘레길에 좌대 펼친
저수지와 한통속인 강태공들
밑밥 던져놓고 기다리고 있다
입맛 다시며 찌 노려보다 순간 챔질,
오르가슴 손맛으로 탐닉하는 순간
물고기와 하늘은 팽팽한 줄다리기
젠장,
짜릿한 비행 동경하던 물 밖 파란 하늘 아니다

나 그렇게 날아 본 적 있다

살랑대는 세 치 혀 속에 숨긴 바늘에 낚여
삶의 날개 찢겨 천 길 아래로 추락하던 날
하늘은 분명 흙빛이었다

강태공의 살림망
세상 물정 어두운 여린 입술들의 아우성
하늘을 찌른다.

명태

난전에 펼친 어전
허공에 둔 눈
소금기 절은 손등으로 훔친 이마에
바다 슬쩍 걸터앉는다
앞치마로 비린내 두른 여자가
도마 앞에서 종일 칼춤 춘다
여자의 노곤한 청춘 껍질째 벗겨져
낱장낱장 살 비늘로 저며지는 하얀 속살
머리 떼고 꼬리 떼고 몸통 두서넛 토막

종일 품삯은
병든 노모의 약이었다
까치발로도 닿을 수 없는 세상
자식 딛고 서는 무동이었다
식구의 허름한 식사였다.

하이힐

여자라고 자각하던 아찔한 스무 살은
몇 센티 높아진 자신감으로
당당히 세상과 마주했지
밋밋한 옷도 미니스커트로 둔갑시키는
에스라인, 무척이나 도도했지
코쟁이보다 코가 더 높고 성깔 뾰족한 내가
거리를 콕콕 쪼고 다니면
씰룩한 걸음걸이에 뭇 사내들 쓰러지기도 했지
순진한 발가락 옥죄고
발꿈치 물어뜯겨 피 보고 나서야
내 실체 알았으니, 내 스무 살
그녀와의 동거는 참으로 애증 관계였지
그럼에도 늘씬하게 착시 일으키는 곡선 포기하기란
우리 아버지 담배 끊기보다 더 힘든 일이어서
나는 늘 중독된 채 살았지
하염없이 비 쏟아지던 어느 날
결국 내 위선 보내기로 했지
버스 승강장 옆, 스무 살을 벗어
빗물에 실려 보내며 한없이 서러웠지
10센티는 더 가식적이었던
젊은 날의 초상이 떠나가고 있었지.

쥘부채

가지런한 매무새 음전한 자태
주름치마 곱게 입고 부르는 노래

낭창한 허리춤에
햇살처럼 퍼지는 음표들
주름진 고랑에서 불어오는
나뭇잎 흔드는 푸른 숨소리
한여름 소낙비 선율이다

지칠 줄 모르는 고갯장단
영혼 없는 노래에도 응달지는 한낮
혼자 읊조리다 산그늘 내려오는
뒤란 댓잎, 살 비벼 우는 소리

뜨거운 사랑도 이제는 식어
열정의 노래 꿈결처럼 아득해도
산그늘 강물에 아른거리는 실루엣
가지 끝에 걸린 노을빛
명창 한 소절이다.

고수동굴, 오감으로 읽어보면

지독한 산통의 몸 트림
뭍에서 태어난 해저의 석회암 억만년 서사
제 살점 녹여 쓴 육필자서전이다

물로 세운 지하 궁전
기기묘묘한 형상, 난독의 문장 가만가만 들여다보면
사나운 물발에 할퀸 상처들
물 숨에 휩쓸린 살점의 무덤들
물멀미 연속무늬가 빚어낸 만물상 공원이다

여린 속살 녹여 만든 에밀레종 같은 것이
가슴과 가슴으로 수수만년 이어갈 파문이다

추신으로 휘갈겨 쓴 화려한 문장 말미
나이 든다는 것은,
둥글어지는 일이라고
허공 키우는 일이라고.

변기

어제의 소행 낱낱이 고백하는 아침
소화하지 못한 감정의 배설물
다 받아주는 너는 나의 연인

독백이 선사하는 낙화
비움의 쾌감
문은 항상 열려있다고
세월이 내게 길을 안내하네

죽어간 것들의 무덤이며
살아있는 것들의 발전소여
한 생이 다른 생으로 건너가는
별똥별 잔치여.

소나기

가슴이 밀어낸 물의 언어
아무리 통곡해도
눈물의 생애는 너무 짧아요
당신의 전생이었을
어느 시점 시공간 열다가 마주친 당신
가만히 눈 감고 자가 체면 들어요
천천히 깊게 숨 내 쉴 때마다
어지럽게 부유하던 것들 어두운 구름으로 떠나가요
바람에 날아가는 고지서 상상하죠
들숨으로 생 가득 되돌아오는,
발과 발목으로 흐르는 물소리 들려요

저기, 잘 달궈진 한 여름 아스팔트
지나가던 먹장구름이
묽은 반죽 쏟아붓는 소리
전 부치는 소리
한바탕 그렇게 쏟아내 지지고 보면
축 늘어진 오후가 탱탱하게 부풀어요

한 생 지우고

산허리 돌아가는 안개의 습한 옷자락 행렬
자욱하게 시야를 덮네요.

시에 입문하다

아직 나는 그대를 모릅니다
바람결에 전해지는 깊고 그윽한 향
그대 어떤 꽃이기에
눈부신 후광 세상 밝히는지
혼자의 사랑도 커 갑니다
깊은 홀릭, 그대 알기 그 전부터
숙명처럼 당신을 사랑하는
염색체 하나쯤 갖고
태어났는지 모를 일입니다
그대 알고 싶어, 그대 품고 싶어
신열에 들떠 사랑앓이합니다
새벽안개 뿌연 오솔길 따라가면
그대 만날 것 같아 발자국마다
그대라는 꽃씨 뿌리며 갑니다
그대는 꽃이 되고, 나는 나비 되어
그대의 꽃술에 얼굴 묻고
죽어도 좋을 나는
별 총총히 수놓은 순백의 드레스 입고
사랑의 세레나데 부릅니다
먼 곳에서 반짝이는 당신
아직도 나는 그대를 잘 모릅니다.

2부

보디빌더의 계절

링 밖의 풀씨들도 저들끼리 영그는 계절

뜨겁게 달아오르는 호두밭
한낮의 무대 위는
내츄럴 보디빌더의 시간이다

마지막 근육 부풀리던 시월의 햇살이
울근불근
이두박근 삼두박근 팔뚝에서
대포알 장착한 어깨에서
미끄러져 부서진다

방사선으로 갈라진 가슴팍에서
혈관 도드라진 복근에서
달려왔던 몇 개월의 시간이 당당하다

백더블바이셉스*

호두밭 둔덕
늙은 호박도 잠시 당당해지는 시간

>
엉덩이 근육 가르는
둔근 골짜기마다
힘 새겨 있다

경쟁하며 서로 성장하는,
호두밭 보디빌더들은
뼛속까지 근육이다.

* 보디빌딩 규정 포즈 4번 (후면에서 볼 수 있는 모든 근육이 관전 포인트)

곶감을 꿈꾸다

바람 넘나드는 문간방 처마
그늘에 매달려 아픔 말리고 있다

허공에 상처 부벼
껍질 만드는 일이다

흔들어대는 바람도
손 놓아버린 감나무 가지도 야속해
저 아래로 뛰어내리고 싶을 때
괜찮다, 괜찮다
제격인 찬바람과
생각의 모서리에서 만난 햇살이 다독였다

배고픈 새도 염탐하는 곶감
벌써 일주일
눈물 빠져 자신을 추스르고 있다

서리 내린 듯 하얀 분 피워 올리며
뭉친 근육 주무르듯
상처 난 속내 주무르고 있다.

동학사 벚꽃

꽃 몽우리 여미다 와락 터진
비구니 웃음꽃이다
독경 소리도 숨죽여 지낸
부시고 환한 그 몇 날 며칠
순간 사르는 불꽃
한때는 밀물이었다가
한때는 썰물이었다가
꽃의 향연 꿈결처럼 스쳐 지나면
분분히 꽃눈 흩날리고
꽃 터널로 스쳐 간 인연인 듯
서로 안고 뒹구는
꽃잎, 꽃잎들
산사의 풍경 소리 내려앉아
세상, 곱게 덮어주는가.

마른 꽃

어디선가 바스락 소리가 난다

손등에 번지는 검버섯
향기 잃은 꽃의 표정으로
오래된 사진첩 뒤적인다
앨범 속 마른 꽃 한 아름
빛바랜 사진 속의 생생한 추억
물기 안으로 머금고
갈피마다 압화되어 있다

잘 마르는 일은 얼마나 중요한가
절정의 시절이 한순간에 접혀
제 빛깔 진하게 껴안고
곱게 말라 가는 일이란

내 안의 물도 조금씩 말라가고 있다
물방울 싱그럽게 튕겨내던 꽃잎 위엔
버석거리는 세월 흐르고
마른 눈가엔 눈물만 고였다

>
곱게 마르고 싶다
오래된 시집 갈피 속에
시를 품고 있는 꽃잎처럼

어디선가 바스락 향기가 난다.

봄, 화암사

잘 늙은 절 있다기에 산사 가는 길
벼랑바위 사잇길 따라
청아한 물소리 맨발로 마중 나오고
오르는 내내 연둣빛 바람 살랑대며
그늘 드리워 환대하는 불명산
금낭화 꽃등 내걸린 우화루엔
사철 꽃비 내리고
천년 묵은 목어 세상 것 다 비우고
한세월 묵언 수행 중이다
낡은 단청의 극락전
곡기 끊고 소신공양
중생구제 아미타불 염불 외고 있다
희끗희끗 머리털 검게 염색한 나는
삐딱 빼딱 걸음걸이 부끄러워
모자 뒤집어쓴 채
왕벚꽃 송이로 마음 가려보는데
욕심 주머니가 커서 허기진 생하나
삐쭉 고개 내민다
독경 소리도 멈춘 오후 네 시
햇빛도 까치발 들고 지나가는 절 마당
살금살금 빠져나오려는데
잘 익은 풍경 소리
뒷덜미 잡는다.

수상한 나무

참새떼 깃드는 저 나무 수상하다

푸르게 새겨 입고
사랑한다
사랑한다
겨드랑이 기대어 속살거리는 저 붉은 입술
솔기 사이 달콤한 유혹 음흉하게 빗어 내리는
저 나무 수상하다

참새와 한통속 되어
나를 어찌해 보려고 수작 부리는
달빛 타고 내려온
저 계수나무 참 수상하다

수상한 나무보다
더 수상한 나.

텍사스 민들레

물레 떠난 연 하나
그리움의 연실 가만가만 당겨
그곳에 서면
오랜 시간 감아야 할 색색의 시차 있다

타국에서의 삶이란
한 치 양보 없는 시차의
비위 맞추는 일이거나
귀머거리 반벙어리 되어
온몸 밟히며 사는 일

목화밭 가로질러
겨울과 봄의 교차로 지나면
고만고만한 집들 어깨 기대고
담장 없어 다가서면 침묵으로 담장 치는 문

그곳에 서면
까닭 없이 그리워지는 이름

하얀 면사포

홀씨 날개옷 지어
바람 좋은 날 띄워 올린
잔디밭 갈래갈래 진노랑 손짓
왈칵,
반가운 낯익은 향기.

시 꽃 피우다

저기 야트막한 담장
철없이 핀 철쭉
낯빛 붉다

저만의 빛깔과 서사
가을 문턱에 걸터앉아
늦은 사유 내려놓는다

자취도 없이 침묵하는 계절

늦은 걸음으로 달려온 나를
오히려
다독인다.

얼음꽃

시리게 부시다

다가서면 아픈
고슴도치 사랑 같아
오가는 발자국 우묵하니 깊어도
절뚝여 도달하지 못한 문장으로
굳어진 화산석
작은 물웅덩이도 될 수 없어라
불치의 온도 차는 종종
눈물 낳는 구름으로 흐르고
착상하지 못한 연서는
자궁벽 타고
비릿한 핏물,
통증 껴안고 쏟아진다

누군가를 가슴에 들이는 일이란
화병에서 눈물 떨구는 얼음꽃처럼
가슴 먹먹한 일이다.

사월의 웨딩

사월,
지천에 흐드러진 꽃은
한 쌍의 꽃 피워 올리기까지

모두 들러리가 되자.

거미줄

달짝지근한 문장 완성하는
저 요염한 엉덩이
행과 행 사이 깔아둔 끈적한 미소에
덜렁대는 것들
행간 읽어내지 못하고
날개 다리 잃어버리는 건 순간
안성맞춤 길목에서 엄벙덤벙 지나가다
꽁꽁 묶여 생의 즙 빨린
허방 된 무덤 하나

허공에 달린 바싹 마른 무덤가
첫 새벽 다녀간 곡비哭婢 눈물
영롱하여 시리다.

고수동굴

얼마나 비워야 저리 아름다울까
탐방 유도하는 최소한의 인공 불빛
치아 교정기 같이 덧댄 좁은 철제 데크 따라
5층 건물 높이 원형 철계단 돌고 돌아
아슬아슬 사람을 들었다 놓았다 하는 곳

오랜 세월 자연이 빚은 경이로운 형상
부챗살처럼 펼쳐 놓고
섬세한 석화 커튼 자락 드리운
신비하고 웅장한 풍경
지하 궁전이다

서로를 향해 치달려온 세월이 먼지처럼 쌓여 이백만 년
곧 닿을 듯, 일억 년쯤 기다려야 만날
한 뼘 남은 허공에
내 연대기 슬쩍 덧대 보는데
태고의 전설은 진행 중이라며
똑! 똑! 천장에서 떨구는 물방울 시그널
어둠에 시력 지워진
장님좀먼지벌레, 아시아동굴옆새우, ……

희미한 불빛 아랑곳없이 대를 잇는다
어둠에 매달린 박쥐도 달갑지 않은 방문객에
귀 닫고 눈 감고 종유석이다
거대한 석회암 수수만년 두드리던 빗방울
그 질곡의 세월이 지하로 흘러들어
무늬로 새겨진 나이테 두른 만물상
그 억만년 속내 들여다보다가
문득, 호두껍데기 같은 내 아집에도
빗물 같은 무언가 스며든다면
내 생애 아름다운 궁전 하나 지을 수 있을까.

태풍의 얼룩

산책길에 만난 낙엽송 숲길
지난 장마에 나무 한 그루
속눈썹으로 뽑혀 누워있다
비탈진 생의 터
오랜 세월 다부지게 움켜쥐었던 땅
앙상한 발가락 사이로 유실되고
작은 웅덩이 하나 유품으로 남았다
하늘바라기 하며 키만 키우던
가난한 나무 그늘 아래
올망졸망 다섯 남매의 일상처럼
아무렇게나 꺾이고 찢겨
속살 튕겨 나온 여린 나무들
영문도 모른 채 짓눌려 누운 풀들
무심히 지나가는 구름의 행렬 사이로
햇살 한 줌 조문하고 있다
오십 대 가장의 주검이
뉴스에 오르내리던 곳에
거대한 바람의 발자국 선명하다.

도넛을 말하다

까칠한 가시는 버려야 할 때
벌거벗은 속살 내어 가루 만든다
거친 밀기울 체에 치니
여린 것들 분가루처럼 곱고 보드랍다
습한 구름 몇 점 넣어 반죽한다
세상 향해 닿고 싶었던 마음
둥글게 빚어 튀기니 터질 듯 부푼다
동그랗게 구멍 난 것들
창 통해 드나드는 건 바람만이 아니다
울음도 웃음도 절망도 희망도
시시때때로 드나들며
시퍼렇게 멍든 가슴 위로한다

나도 따라 가슴 열어 본다
나를 통과한 사람들이
손에 손잡고
세상 환하게 굴리며 간다.

시월의 강가에서

노을 진 강가에 나룻배 한 척
그림자도 없이 홀로 노 젓는다

댓돌 위 뒤축 무너진 구두 한 켤레
비릿한 내음 품고 정박한 밤
어두울수록 선명해지는 활동사진 속
전쟁통에 부러진 스무 살이
사금파리 위에서 절뚝이고 있다

폭격 멈춘 계절, 잎새는 돋아나고
발바닥도 새살 내어 아물어 가지만
올망졸망 매달린 눈망울
새 신발에 뒤꿈치 까여 쓰린 발 독려한다

온몸에 더듬이 이식하는 본능
캄캄한 밤 더듬다
잠시 정박한 땅에 혈육 몇 점 떨궈놓고
가슴 언저리 고인 눈물 북쪽으로 여울진다

그림자 만들지 못한 시월의 햇살이
늙은 아버지 데리고 암막 뒤로 잠긴다.

3부

김장

붉은 광장이 소란하다
서리꽃 피어도 머리띠 질끈 동여매고
세파에 맞서는 저 푸른 배추
여민 옷깃 야무지다
무더기로 연행되어 생살 파고드는 짠물 고문에
의식은 마디마디 풀려 너덜너덜하지만
어머니, 어머니의 어머니
그전부터 내려온 내력이다
각지에서 올라온 성깔 맵고 짠 것들
비록 양념이지만 힘 보태야 한다며 술렁인다
한목소리 내겠다며, 한통속 되겠다며
핏줄 붉게 돋은 고춧가루
최루가스에도 눈물 참고 견뎌온 대파 양파
무며, 당근이며, 갓이며
핍박 심할수록 더욱 뭉쳐지는 단단한 결속
모엽의 포로되어 깊은 독에 갇히어도
옹기종기 기대앉아 서로를 다독인다
저들로 차려질 연대의 밥상
세상 눈물 나게 깊은 맛 나겠다.

꿈꾸는 나이테

기타 현 울리고 나온 파장
손톱 밑 도톰한 살 비집고
지문에 기대어 옹이로 눕는 오후
어느 숲 가문 좋은 나무
한세월 속살 비워내
기타 울림통으로 내어주고
겹겹이 누워있던 노래 일어나
덧칠된 선율 따라 굴러간다
너른 들판 햇살 푸른 그늘
엉덩이 지문 수런대는 저녁 오면
어둡고 추운 길 통과한 시간들
어깨 포갠 채 둥글게 눕는다

산다는 것은
쉼 없이 지문 늘려가는 일

밤하늘 반짝이는 별 하나
낮달 뜨던 언덕 베고
별이 시가 되고
시가 별이 되는 꿈을 꾼다.

노인과 호미

닳고 닳은 것들
봄 깔고 앉아 냉이 캐고 있다
겨우내 굳은 땅 헤집느라
벌겋게 담금질한 몸
뭉툭, 으깨어져도
자맥질은 평생의 업보
흙먼지 뒤집어쓴 등허리
한번 굽어져 펴질 줄 모르고
의기투합하며
함께 살아온 삶
몇 번째 맞는 봄인지
셈 흐려졌어도
맞잡은 손 따뜻했다며
서로를 쓰다듬고 있다.

탈고하다

저기, 시 짓는 농부
밭 갈고 있다

소소리바람 몰려다니는 계절의 경계
울퉁불퉁
한 생 건너간 발자국 지우고
낭창해진 바람의 허리 당겨 줄 긋는다

묵은 침묵 일구어
발랄한 상상 꾹꾹 눌러 심으면
오소소 태어나는 여린 것들
부푼 겨울 지워내고
환하게 써 내려가는 봄의 문장

벚꽃이 하얗게 폭죽 쏘아 올리고 있다.

폐지 줍는 노인

폐지 더미 더듬는
윤기 없는 머리카락
희끗한 어둠 서럽다

뼈마디 구부러져
웅크린 것들

차곡히 펴 건성건성 탑 쌓는
고랑 진 이마에서 별똥별 진다

구겨진 이가 구겨진 것을
부축하는 저녁나절

가볍게 올려질
지폐 몇 장 동전 몇 닢
힘겹게 손수레 밀고 간다.

유기 묘

나른한 햇살에 등 비비다
엉덩이 낭창 치켜들고
봄바람 숨긴 발톱
꽃 시샘하며 저녁 차갑게 할퀸다
문 내린 상점 사이로 돋는 푸른 별
겨울과 봄, 낮과 밤의 경계는 늘 모호하여
생채기 아물도록 견뎌야 하는 것이어서
스스로의 혀로 달빛 빗어 그루밍한다
따뜻한 눈빛도 애교도 잊었다
위협적인 하루 건너느라
예민해진 날카로운 발톱
건들기라도 한다면 해악질도 서슴지 않을
뾰족한 이빨 내어
쓰레기통에서 끼니 발라낸
비릿한 하루 폐지 더미에 얹어
유기된 기억으로 꽁꽁 묶어
달빛 받은 동전 몇 푼 굴리며
봄밤 밀고 간다.

철새

농가 처마 덧대 이은 창고 방
최소한의 살림살이 베트남 부부
새벽같이 일 나갔다 돌아와
저들끼리 주고받는 지지배배 지지배배 하이톤 언어
영락없는, 처마에 둥지 튼 강남 제비 한 쌍인데
낯선 땅에 꿈 이랑이랑 일구어
고국에 번듯한 집 한 채 지을 거라고
식구들 집이 되고 밥이 될
주렁주렁 고구마
달덩이 수박같이 실한 것들 캐내어
날개옷 한껏 부풀려 깃털 고르는 부부의 어깨 너머로
한여름 푸르게 살다간 푸성귀 참깨 들깨
뻐꾸기 소리도 빠져나간 쓸쓸한 들녘
서리태 꼬투리 사운대는 소리
속 덜 찬 적채赤菜 몇 포기 옷깃 여미는 소리
왜 이리 스산한지

여름 살고 가는, 겨울 살러 오는
교차로 횡단하는
저기, 저어기
철새들.

초승달

간신히 까막눈 면한 그녀
육십 바라보는 나이에
수필가로 등단했단다
구로공단 미싱사로 봉제 일하면서도
배움의 허기 책으로 달랬다는
그녀는 문장 중독자였단다
반지하 방에서 사춘기 보내며
고치 속에서 까맣게 울다
하얗게 혼절하던 나날들
청춘은 번데기가 되었어도
뽀얀 세월 올올이 풀어
초사흗날이면 누에나방 눈썹 같은
가는 문장 하늘에 수 놓으며
아미월로 떠오르곤 했단다.

황태

허망한 참사였다
천의 얼굴 한 주식시장
웃음 흘리며 그물 빠져나가는 시간
나아갈 수도 돌아갈 수도 없는
고통의 몸뚱이만 파닥이다가
부릅뜬 눈동자에 정지된 생 하나
궤짝에 실려
혹한의 골짜기에 부려진다

적절히 채우고 비우지 못했던
생의 오장육부
속절없이 털리어
입 벌린 채 꿰어지고 매달려
공중제비하는
극한의 풀무질에
살점 파고드는
화인 새기는 담금질

뼈와 살 화해하고 나서야
결 고와져
죽어 다시 사는 부활이다.

회전 초밥

기별도 없이
하루 열고 들어오는 오늘이 당당하다
늘 공복으로 찾아오면서도
주춤거리는 일 없다
초침에 앉아 가쁜 숨 몰아쉬며
상차림에 열중하는 사람들
쉼 없는 삶 주물러
손맛 대접하는 사람들
바빠서 바쁘다
둥글게 돌아가는 세상사
짠맛 단맛 신맛 매운맛 한 데 어울려
공평해지는 생
채워질수록 비워지는 접시들
생의 무대 아찔해 보여도
돌고 도는 인생사
둥글게 살다 보면
어느새, 허기진 하루가 볼록해진다.

코로나 19

벚꽃 놀이 오지 마세요
거꾸로 가는 캠페인
뒷바퀴에 깔려 일그러진 일상
길 잃은 사람들
우왕좌왕하는 사이
목덜미 물린 세상에서
살맛 나는 봄꽃들
울타리에 기댄 채 야위어 가기는커녕
담장 넘보던 개나리 백목련도
바람에 숨넘어 가기는커녕
바닥에서 일어나 제 갈 길 가고 있다
어느새 저만치 달아나는 봄
사람만 아쉬운 계절
살맛 난 꽃들이 저희끼리 키득대고 있다.

봄을 기다리며

지구촌에 불어닥친 코로나 한파
어디나 빙판길이다
사람들의 일상이 두절되었다는 소식과 함께
뉴스 첫머리를 장식하는
확진자 수 늘어만 간다
사람과 사람의 연쇄 충돌, 팬데믹이다
발 묶인 사람들
누구도 믿을 수 없어 거리 두기하고
손바닥만 한 마스크 뒤에 숨어 가쁜 숨 쉰다
아무것도 아니었던 일들이 특별한 일 되어
소중해지는 기나긴 겨울
화롯불에 묻어둔 고구마의 노란 속살과
동치미 한 사발이 긴 겨울밤 이기는 힘이었듯
달콤한 추억 펼쳐보며 고립의 허기 달랜다
아랫목 식구들에게 내주고
서늘한 윗목 차지하던 통가리 같던 아버지
고구마가 바닥 보일 때쯤이면
언 땅 일구시던 아버지의 삽 끝에서
움 돋듯이
밤잠 잊은 사람들 손끝에서
봄은 오고 있을 것이다.

철새 도래지, 화진포

살맛 잃어 야윈 발목
미시령 넘어 화진포로 서식지 옮기는 철새
오늘은 고니쯤 되기로 하자

호수와 바다가 만나
간 맞추어 통정하는 화진호에는
연어, 숭어 떼 지어 희롱하고
동해가 달려온 산줄기와 은밀히 내통하다가
바람도 물결도 잠이 들면
전설에 잠긴 마을 잠깐 보여준다는데

고운 모래사장 모래톱으로
부지런히 먼 이야기 퍼 나르는
파도가 부려놓고 간 물기 스민 첩첩산중에 묻혀
한 사나흘 살아보자
일렁이는 물결에 서리서리 얽힌 세상살이
실마리도 풀어 보고
생각 많은 머릿속은 솔바람에 헹궈도 보자

하늘과 바다가 절정이 되는

저 농밀한 세상에서
절묘하게 선경이 되는 화진포 해안가
모래 밟는 소리에 홀려
고니처럼 한 계절 살다 보면
살맛 다시 찾을 수 있을까.

갤러리 두모악

섬에 홀려 섬으로 간 사람은
끝내 돌아오지 않았다
방아 찧으며 주문 외듯 부르던 노래
구원의 섬 이어도를 찾아
카메라에 짊어진 가난과 고통으로 등이 휘어도
신들린 듯 오르내리던 오름과 초원에서
신기루 같이 나타났다 사라지는
섬을 채집하러 풍랑과 맞섰던 풍경 사냥꾼
섬을 엿보았다는 죄였을까
셔터 누를 힘까지 앗아버린
젊음도 열정도 순식간에 냉각시킨 루게릭
화산재 되어 뿌려진 두모악 앞마당
은하수 지나자 필름이 풀어놓은 섬의 풍광 속에서
봉긋한 오름이 엄마 젖가슴으로 포근히 안겨온다
좀처럼 맛볼 수 없는 평화와 고요의 모습이
속살로 속삭이며 일상에 지친 마음 내려놓으라 한다
자유로워진 바람 안고 자유롭게 떠돌던 그가
집착과 욕심 내려놓고 어서 오라 손짓한다
이어도를 본 사람은 없다
섬을 본 사람은 이내 영혼을 빼앗기고 말아

영영 이별 없는 곳으로 가고 말아
비바람과 안개에 홀린 사람은
영영 돌아오지 않는다.

탁란

할미의 시간 쪼아 먹으며
아이가 자란다
앙상한 가지 부대끼며
하루에도 수십 번 흔들리는 마음
옹알이도 배밀이도 재롱이라서
내리사랑, 그 힘겨운 등 타 넘으며
엄마 없이 아이가 자란다
아이는 엄마보다 할미가 좋다 하고
할미 가슴 더욱 미어지는데
해가 지지 않는 아파트 숲속
핏덩이 맡긴 뻐꾸기 소리 들려 온다
귀먹은 척
달도 뉘엿뉘엿 기운다.

4부

몬드리안의 하루

해뜨기 전 푸성귀 조몰락거려
밥상보 덮어놓고
노루발처럼 하루 누비시던 어머니
텅 빈 들녘 거침없이 달려와
해진 옷 훑던 된바람
문풍지 두드리며 방안 기웃거리다가
헝겊 덧대어 감침질하면
조각보 잇듯 하루가 그림처럼 꿰매진다
골목길 누비던 아이들
누덕누덕 기운 누더기 한 벌로도 하루 저물어
굴뚝새 둥지 찾아들 듯 각자의 집으로 향하면
부엌에서는 죽 끓는 소리 아리다
하루가 곤한 아이들은
빨강 노랑 파랑 조각천 이어 만든 목화솜 이불이
손장단에 맞춰 황금 비율로 사랑 나누어 주던
어머니의 품이라서
고만고만한 크기와 색깔로 단꿈 꾼다
검은 창틀 아래서 밤 깊도록
식구들의 구멍 난 하루를 꿰매고 있는
어머니의 덧댄 가슴에
싸락눈 사락사락 내린다.

굽은 소나무

늘 가슴 한쪽 시린 타향에서
깃대에 묶인 깃발처럼
평생 땅 일구시던 아버지
삭정이 떨군 고된 나날들 솔방울로 매달고
휘어진 세월의 표피마다
찐득한 아픔으로 송진 눈물 흘리셨다
그래도, 사철 푸른 미소였던 당신
백로 잠자던 가지 내려 자식들 품어주시고
한겨울 생솔가지 지펴
등 차가운 골방 햇살처럼 덥혀 주셨다
딱딱한 표정과 뾰족한 말들도
생각해보니 모두가 사랑이었다
오늘, 고향으로 돌아가지 못하고
한 줌 흙으로 돌아가는 영면의 길에
까악까악 각혈하며 자식들 뒤따른다
죽어도 죽을 수 없는 천년의 사랑
등 굽은 고사목 한그루
어여 돌아가라 손짓한다.

미역

엄마의 눈빛 닮은 바다 한 봉지
물에 담그니
말라붙은 바닷속 먼 이야기
날개 퍼덕이며 그리움 부풀린다

몸푼 아낙 헝클어진 머리
물질로 곱게 빗어 넘겨
들기름 두른 솥에 달달 볶아
푹 끓여보면
뼈 없는 삶이 뽀얗게 우러난다

골다공증의 엄마도
한때는 마른 젖가슴 부풀려
세상에게 젖 물렸으리

파고 높은 세상살이
일렁이는 물결에 출렁이는 나도
이제는, 누군가의 젖과 피가 되어도 좋겠다.

나이를 구워 먹다

햇빛 달빛 비바람 가려 품어
만삭된 다랑논 벼 이삭
가만히 쓰다듬다가
별빛도 은하수로 출렁이는 밤
모닥불 피워놓고 옹기종기 둘러앉아
추억의 고치 올올이 풀어 올리는
반백의 아이들
화석이 된 옛이야기 한 줌씩
불빛 속에 던져주며
하하호호 부채질하면
객지에서 언 몸들 절로 녹이는
따습게 타오르는 웃음꽃

얼음판에서 언 발 녹이며 나일론 양말 태워 먹던 아이들
까만 밤 하얗게 태우며 나이 구워 먹는다.

아버지와 비닐우산

비 오는 날이면
겹겹이 쌓인 기억 골짜기 너머
접힌 우산 하나 파랗게 펼친다
주루룩 미끄럼 타고 내려
아버지 바짓자락 적시던 빗물
일하다 학교로 달려오신 차림새
우산보다 먼저 보여 얼굴 붉히던
단발머리 어린 딸
아버지 나이 된 지금
허름해진 천수답 가슴으로 흘러든다

등뼈 결결이 내어
파란 하늘 한 조각 기워 만든 우산은
세찬 비바람에 뭉툭해진
아버지의 진득한 사랑

거센 빗줄기에 책 퉁퉁 불어
발 동동 구르던 딸
눈물 닦아 주던 아버지
든든한 우산이었다는 늦은 독백

유리창에 부딪혀 흩어진다

이제는
아버지도 파란 비닐우산도
비가 오면 도지는 산후통 같은
그리움으로 남아
한쪽 어깨는 늘 비에 젖는다.

신발

세상살이
파도 타다 외줄도 타다
매일 같은 것 같아도 매일 달라서
어설프고 아슬아슬한 길
꽉 조여 맸던 끈 풀고 닻 내리는 댓돌 위의 생이여
밥상머리 둥글게 앉은 식솔들
지구처럼 떠메고
빠듯한 살림에 속울음 구겨 넣으면
한쪽으로만 닳은 굽
바로 서도 기우는 것은 달빛이라
자꾸만 서산으로 처지는 어깨

제 몸 타들어 가면서도
아궁이에 불 밀어 넣어야 하는 부지깽이처럼
자갈 진 세월에 구멍 난 아버지
닳고 헐어 병마 스며들어 온몸 젖고 나서야
소용 다 했다며
꽃상여 타고 맨발로 가신 아버지
쓰리고 아픈 가슴 뒤꿈치에 박힌 나는
굳은살 만지작거리며
돌부리처럼 한참을 서 있고.

꽃숨

숨골 말랑말랑한 정수리

윤슬 이는 숨구멍 사이로
오리 떼 한 무리
비릿한 생 건져 올리고 있다

숨길 잇고 있다

부력 잃어가던 아버지,
분수같이 내뿜던 고래 숨도
겨우내 얼음장처럼 쩌렁쩌렁 울다가
봇물 풀려
울컥,
토해낸 숨이다

저기, 산으로 들로 만화방창 토해낸 꽃숨들
치명적인 끌림의 화양연화
꽃잎들 가만가만 들여다보면
앙다물었던 피멍 진 꽃물,
낭자하다.

텃밭

아버지 손때 묻은 보물단지

참깨 들깨 몇 줌
감자 토란 몇 알
쪽 마늘,
햇살에 버무려 품에 넣어두면
삼라만상 다독여
무장무장 불려준다

땀으로 박박 문질러 닦아야
반질반질 빛나는 요술 항아리

아버지 유품이다.

어머니의 수세미

아슬아슬 줄타기하는 여린 덩굴손
촉수 닿는 곳 어디라도 세 들어
푸른 생 매달았다

터질 듯 짙푸른 가슴
자꾸 쪼그라져 구멍 숭숭 난 해면체 같아도
숨 죽을 수 없는 세월
시린 물 드나드는 개숫물 속
자맥질하며 몸 마를 날 없다

살림살이 반질반질 닦아내던 젖은 손
생기 다해 노랗게 바랜
엄마의 세월이 집게에 집혀
앙상하게 엑스레이 사진으로 걸려 있다

이제는 가벼워졌을까
파란 하늘 구름 사이 따사로운 햇살
엄마의 눈빛이다.

체

가을걷이 무렵이면 바람벽에 장식처럼 걸려 있던 엄마의 둥근
체, 엉덩이 들썩들썩 덩달아 바빴다 탁탁 체를 치면 스미는 알곡
들과 세상 밖으로 던져지는 검불들, 일년내내 면벽 수양하던 체
는 엄마의 잣대보다 엄정했다

첫눈 내리는 날이면 쳇불 고운 하늘에서도 하얀 눈이 쌀가루
로 내렸다 팥고물 켜켜이 시루떡 쪄지면 엄마의 엉성한 얼기미
로 내려진 애틋한 사람들은 많기도 하여 아랫말, 윗말 달리며 떡
을 돌리곤 했다

내 삶도 매사 체를 쳐서 세상 것들 버무려 살 수 있을까 바람벽
에 걸려 있던 얼기미 도드미 중거리 가루체 고운체 모두 거두어
내 마음에 걸어 본다.

골목길

사방치기 고무줄놀이 땅따먹기
해 질 녘에야 파장하는 난전이었다
반딧불 사라진 문명 속으로 걸어간 아이들은
백열전등 불빛처럼 지치지 않는지
아직 돌아오지 않고
바람만 우루루 몰려다니는 골목에
무표정한 추억의 허물만 남겨놓았다
세월의 갈피마다 누워있는
빛바랜 이야기들 콘크리트 분칠하고
환청처럼 들려오는 전설
더듬으며 회색 우울증 앓고 있는가
나른히 졸며 꾸벅대는 오후
꼬부라진 골목 관통하는 소쩍새 울음소리
터진 가슴 비집고 창백하게 민들레로 피어오른다
아직도, 아이들 기다리는지
골목엔 허리 굽은 해가 느릿느릿 기울고 있다
땅거미도 서서히 검버섯으로 내려와
한세월, 아이들 웃음소리와 동행하고 있다.

은수저

살림 밑천 맏딸 눈물로 보내며
어머니는 곳간에 숨겨두고
한 번도 부리지 않은
기미 상궁 딸려 보내셨다

수라간 외진 곳
외로움 얼마나 사무치길래
깊은 서러움 밤마다 퍼올려
거뭇거뭇 버짐 꽃으로 피어나는 걸까

뽀얗게 씻겨 가까이하니
박꽃 웃음으로 환하다.

몽돌 해변에서

파도가 부려놓고 간 파도리 해변
굴러온 사연 제각각이어도
인고의 세월, 전설은 하나같아
오랜 세월 몸의 파문 다 지워지고야
마침내 몽돌이었다

잘 이겨 냈다고
잘박잘박 다독이며 보듬어
물들이고 물들어 그놈이 그놈 같은 것들이
반들반들 쏙 빼닮은 것들이
가슴 포개고 일렁이는 아득한 것들이
아슴푸레한 기억의 실루엣 덧칠하는
기암괴석에 뿌리내린 소나무 향해
오히려 안부 되묻고 있다

아버지의 스무 살 허리 침식하던 이념의 상흔들
앙상해진 늑골 사이로 빠져나간
황해도 어촌의 고향과 가족
아픔은 아픔으로 굴리고 다독여야 한다는 듯
아버지의 이력 닮은 모서리 깎인 돌들이
해변에 둥글게 모여 서로를 쓰다듬고 있다
몽돌, 해옥이다.

아버지의 사과

달빛에 대낮처럼 밝은 길
엄마 따라 마실 다니던 소녀
눈 밟는 소리
기억의 갈피에 누워있던 회억의 입자들
휘발하듯 그리움의 바람으로 불어온다

벽 타고 스며드는 찬 기운에
걸레 꽁꽁 어는 밤
군불 지핀 구들장에 긴 밤 달래주던
육즙 달콤한 국광 사과
아버지는 일년내내 계절 농축해
광에 저장해두고 긴 밤 이기게 하셨다

겨울에도 쉬지 않고 가지치기하며
꽃눈 실하게 가꾸던 아버지
꽃잎 만개해 화답하면
아버지 가슴에도 꽃물 번졌을 터
올망졸망 매달린 것들 보며
대견하고 대견해서 시큰거리며
병충해 태풍에 마음 졸여 밤잠 설치기도 하셨을 터

단물 든 사과는
때론 아프게 때론 기쁘게
도닥이고 보듬어 삭혀 만든 아버지 맛이다
단내로 출렁이는 추석 무렵
주막에서 술 드시다 홀연 사라진 아버지
사과밭 입구 가지런히 신발 벗어두고
비바람에 떨어진 사과로 잠을 베고 계셨다
고단함 잠시 내려놓고
한 잔 술에 까무룩 수평 잃고
기울어진 무의식에도 환하게 켜 놓았던 사과밭
오늘은 맛볼 수 없는
아버지의 사과가 그리운 밤이다.

주민등록번호

나를 요약한 숫자 분명하다
저 맑고 투명한 것들
감추고 싶은 속살 같은 것들

도난당하거나 잃어버리면
살아도 죽은 목숨
머릿속에 깊숙이 구겨 넣고
혀끝에 새겨야지

가끔은 나를 보증하기도 하는 것이
얼굴 내밀지 않아도
나를 인증하기도 하는 것이
병원 문, 은행 문,
문, 문, 문 여는 만능 번호 키 같은 것이

나를 입고 있다.

시간의 무늬, 혹은 발효醱酵의 미학

— 현순애, 「붉은 광장이 소란하다」의 시세계

황치복 문학평론가

시간의 무늬, 혹은 발효醱酵의 미학
— 현순애, 「붉은 광장이 소란하다」의 시세계

황 치 복 문학평론가

1. 시로 쓴 시론들

2022년 계간지『애지』의 신인문학상을 수상하면서 문단에 나온 현순애 시인의 첫 시집이다. 등단 경력이 짧음에 불구하고 이른 처녀 시집을 펴내고 있는데, 이러한 현상은 시인이 얼마나 왕성한 창작력과 시적 열정을 가지고 있는지를 실증하고 있다. 또한 첫 시집임에도 불구하고 시상의 전개에 생경함이 없고, 느긋한 어조와 안정된 보폭, 그리고 정갈한 시적 형식과 잘 빚은 항아리 같은 형상화 등의 특징은 시인이 그동안 얼마나 숙련된 습작 과정을 거쳤는지를 방증해주고 있다.

신인으로서의 시인의 시적 경향과 방향성을 조감하는 가장 좋은 방법은 시인의 시에 대한 인식을 점검하는 일이다. 시에 대한 생각과 관점 등은 시인의 시적 관심을 파악할 수 있을 뿐만 아니라 앞으로 전개될 시인의 시적 방향성과 비전을 확인할 수 있기 때문이다. 결론적으로 시인은 이번 시집에서 시간의 축적이 일으키는 발효의 미학이라든가, 그것들이 어떤 무늬와 결을 이루면서 형성해내는 예술적 경지에 대한 깊은 시적 사유와 형상화를 보여주고 있는데, 이러한 경향은 이미 시로 쓴 시론이라고 할 수 있는 메타시에 맹아적으로 그 징후를 드러내고 있다. 메타시의 세계를 잠깐 점검해 보고 논의를 이어가 보자.

아직 나는 그대를 모릅니다
바람결에 전해지는 깊고 그윽한 향
그대 어떤 꽃이기에
눈부신 후광 세상 밝히는지
혼자의 사랑도 커 갑니다
깊은 홀릭, 그대 알기 그 전부터
숙명처럼 당신을 사랑하는
염색체 하나쯤 갖고
태어났는지 모를 일입니다
그대 알고 싶어, 그대 품고 싶어
신열에 들떠 사랑앓이합니다
새벽안개 뿌연 오솔길 따라가면
그대 만날 것 같아 발자국마다
그대라는 꽃씨 뿌리며 갑니다
그대는 꽃이 되고, 나는 나비 되어
그대의 꽃술에 얼굴 묻고
죽어도 좋을 나는
별 총총히 수놓은 순백의 드레스 입고

사랑의 세레나데 부릅니다
먼 곳에서 반짝이는 당신
아직도 나는 그대를 잘 모릅니다.
— 「시에 입문하다」, 전문

　연시의 형태를 취하고 있는 이 시에서 우리는 시에 대한 시인의 절절한 사랑을 확인할 수 있다. "깊은 홀릭"이라든가 "숙명", 그리고 "신열"이라든가 "사랑앓이" 등의 시어와 표현들이 시에 대한 시인의 절실한 사랑을 암시하고 있다. 또한 "그대는 꽃이 되고, 나는 나비 되어"라는 표현을 보면 시와 함께 떼려야 뗄 수 없이 엮여 있는 운명 같은 것을 확인할 수 있는데, "별 총총히 수놓은 순백의 드레스 입고"라는 구절에 유의해 보면 시인은 시詩라는 말의 사원을 지키는 순결한 사제가 되어 헌신하고자 하는 의지를 읽을 수도 있다.
　시인이 시에 대해서 이처럼 맹목적이라 할 만한 열정과 사랑을 쏟는 것은 그것이 그만한 가치를 지니고 있기 때문이다. "바람결에 전해지는 깊고 그윽한 향"이라든가 "눈부신 후광" 등의 표현들이 시인이 생각하는 시의 가치와 의의를 함축하고 있다. 이러한 표현들에는 시가 복욱한 향기를 통해서 세상을 정화하고 아름답게 한다는 것, 밝은 후광을 통해서 시는 어두운 세상을 밝게 비추어준다는 생각이 투영되어 있다. 시인이 시에 대해 절대적인 사랑과 운명적인 끌림을 느끼는 것은 바로 이러한 시의 가치 때문일

것인데, 그렇다면 시는 어떻게 해서 이러한 역능을 지닐
수 있게 된 것일까 궁금해진다.

어디선가 바스락 소리가 난다

손등에 번지는 검버섯
향기 잃은 꽃의 표정으로
오래된 사진첩 뒤적인다
앨범 속 마른 꽃 한 아름
빛바랜 사진 속의 생생한 추억
물기 안으로 머금고
갈피마다 압화되어 있다

잘 마르는 일은 얼마나 중요한가
절정의 시절이 한순간에 접혀
제 빛깔 진하게 껴안고
곱게 말라 가는 일이란

내 안의 물도 조금씩 말라가고 있다
물방울 싱그럽게 튕겨내던 꽃잎 위엔
버석거리는 세월 흐르고
마른 눈가엔 눈물만 고였다

곱게 마르고 싶다

오래된 시집 갈피 속에
시를 품고 있는 꽃잎처럼

어디선가 바스락 향기가 난다.
―「마른 꽃」, 전문

　엄밀히 말해서 이 작품을 시에 대한 메타시라고는 할 수 없다. 하지만 시란 어떤 것이며, 시가 어찌하여 앞서 말한 그러한 가치와 아우라를 지니게 될 수 있는지에 대한 하나의 단상을 제공하는 작품이기도 하다. 이 시의 가장 주된 관심사는 '마르는 일'이다. 마른다는 것은 물론 배어 있던 물기가 다 날아가서 없어진다는 것을 의미한다. 물기가 없어지고 마르는 일이 가치가 있는 것은 사라지는 현상도 그렇지만 잔존하는 현상 때문이기도 하다. 즉 마른다는 것은 물기가 없어진다는 것인데, 그것은 은유적인 의미에서 어떤 욕심이라든가 욕망, 혹은 정동의 과잉 같은 현상이 사라지고 진정된다는 것이다.

　또한 마른다는 것은 그 안에 한때의 시간이 지닌 의미를 간직하는 것이기도 한데, 시인이 "빛바랜 사진 속의 생생한 추억"이라든가 "절정의 시절이 한순간에 접혀/ 제 빛깔 진하게 껴안고/ 곱게 말라 가는 일"이라고 표현한 것이 이러한 사정을 감안한 표현이라 할 수 있다. 이처럼 마른다는 현상이 사라지고 잔존하는 가치를 응축하고 있는 대상이 바로 "압화"라고 할 수 있는데, 그것은 물론 물기가 빠진 눌러진 형상이기도 하지만, 또한 어떤 가치를 압축하고 있는 대상이기도 하다. 시인은 "곱게 마르고 싶다"고 고백하면서 하나의 이상적인 형상을 제시하는데, "오래된 시집 갈피 속에/ 시를 품고 있는 꽃잎"이라는 이미지가 바로 그것이다.

물론 시집의 갈피 속에 시를 품고 있는 꽃잎이란 압화일 것인데, 그것이 시를 품고 있다는 표현은 절묘하다. 시집의 갈피 속에 담겨 있는 압화이기에 시를 품고 있는 것일 수도 있지만, 과거의 추억과 절정의 한 순간을 응축해 놓고 있기에 시를 품고 있는 것일 수도 있기 때문이다. 후자로 해석할 때 우리는 시인의 시에 대한 관점을 추론할 수 있는데, 그것은 시간의 축적, 혹은 시간의 파괴적 힘에 대한 가치의 보존이 시의 동력이라는 의미를 추출할 수 있다. 다음에 다시 확인할 수 있겠지만, 시간의 축적과 가치의 보존은 어떤 예술적 형상과 연관되어 있기도 하다. 메타시를 한편 더 읽어본다.

기타 현 올리고 나온 파장
손톱 밑 도톰한 살 비집고
지문에 기대어 옹이로 눕는 오후
어느 숲 가문 좋은 나무
한세월 속살 비워내
기타 울림통으로 내어주고
겹겹이 누워있던 노래 일어나

덧칠된 선율 따라 굴러간다
너른 들판 햇살 푸른 그늘
엉덩이 지문 수런대는 저녁 오면
어둡고 추운 길 통과한 시간들
어깨 포갠 채 둥글게 눕는다

산다는 것은
쉼 없이 지문 늘려가는 일

밤하늘 반짝이는 별 하나
낮달 뜨던 언덕 베고
별이 시가 되고
시가 별이 되는 꿈을 꾼다.
ㅡ「꿈꾸는 나이테」, 전문

　시적 비약이 심해서 그 시적 논리를 파악하기가 쉽지 않
지만, "꿈꾸는 나이테"에서 '나이테'라는 이미지가 핵심적
인 역할을 하는 것은 분명해 보인다. 그것은 때로는 '지문'
으로 혹은 '옹이'의 이미지로 변모하기도 하지만, 그것의
본질적인 속성은 "한세월 속살 비워내"라든가 "어둡고 추
운 길 통과한 시간들"이라는 표현에서 알 수 있듯이 '시간'
을 응축하고 있다는 점이다. "산다는 것은/ 쉼 없이 지문 늘
려가는 일"이라는 경구에서도 우리는 나이테가 시간의 담
지체라는 것을 확인할 수 있는데, 더욱 중요한 것은 그것이

지문처럼 어떤 무늬와 질서도 함축하고 있다는 점이다.

그러니까 나이테는 방사형의 물무늬와 같은 결을 이루고 있는 테인데, 다른 말로 연륜年輪이라고도 하는 데서 알 수 있듯이 시간의 응축이기도 하다. 시간을 응축하는 무늬, 혹은 물결무늬로서의 나이테가 "기타 울림통"이 되어 "겹겹이 누워있던 노래"가 되고 "덧칠된 선율"이 될 수 있는 것은 그것이 하나의 코스모스로서 화음harmony을 지니고 있기 때문이다. 시인은 이러한 시상의 전개에 이어서 별을 등장시켜 "별이 시가 되고/ 시가 별이 되는 꿈을 꾼다"는 진술로 마무리하고 있는데, 이러한 표현에서 꿈을 꾸는 주체가 나이테라는 것을 생각해 보면, 결국 시간의 축적과 무늬, 그리고 화음이라든가 시라는 것이 매우 긴밀하게 연관되어 있다는 것을 알 수 있다. 자연과 현실 속에서 음악이라든가 시, 혹은 회화에 대한 예술적 형상을 발견하고자 하는 것은 시인의 근본적인 충동 가운데 하나인 듯한데, 이는 나중에 다시 살펴보도록 하고 시간의 축적이 지닌 시적 의미에 대해서 좀더 천착해 보자. 시인에게 시간의 축적은 시적인 것을 생성하는 기제로 작동하는데, 시인이 평가하는 높은 가치와 의미가 거기에서 산출되기 때문이다.

2. 발효와 숙성, 혹은 삭힘의 시학

바람 넘나드는 문간방 처마
그늘에 매달려 아픔 말리고 있다

허공에 상처 부벼
껍질 만드는 일이다

흔들어대는 바람도
손 놓아버린 감나무 가지도 야속해
저 아래로 뛰어내리고 싶을 때
괜찮다, 괜찮다
제격인 찬바람과
생각의 모서리에서 만난 햇살이 다독였다

배고픈 새도 염탐하는 곶감
벌써 일주일
눈물 빠져 자신을 추스르고 있다

서리 내린 듯 하얀 분 피워 올리는 곶감
뭉친 근육 주무르듯
상처 난 속내 주무르고 있다.
　―「곶감을 꿈꾸다」, 전문

　'곶감'이란 말린 감인데, 여기서 우리는 앞서 「마른 꽃」에
서 추출했던 시간의 응축으로서의 이미지, 그리고 그에 따

라 달착지근한 맛을 형성한다는 점에서 성숙과 숙성의 이미지를 발견할 수 있다. 곶감은 그 자체로 시인에게 시적인 것을 함축하고 있는 제재인 셈이다. 그런데 시인은 이러한 곶감의 이미지에서 치유와 정화의 가치를 읽어내고 있다. "그늘에 매달려 아픔 말리고 있다"는 표현도 그렇지만, "허공에 상처 부벼/ 껍질 만드는 일이다"라는 구절을 보면 감이 곶감이 되는 과정은 상처에 딱지가 입어서 아무는 것과 같이 상처를 치유하는 과정이 되는 셈이다. 자세히 살펴보면 상처는 육신의 상처 외에도 "상처 난 속내"라든가 "생각의 모서리" 등의 표현을 보면 마음의 상처도 존재하고 있는 것을 확인할 수 있다. 그러니까 곶감이란 내면의 상처를 치유하는 과정이며 그 결과가 "서리 내린 듯 하얀 분 피워 올리는 곶감"이라는 표현으로 귀결되고 있다.

곶감이 되는 과정은 "그늘에 매달려 아픔 말리고 있다"라든가 "생각의 모서리에서 만난 햇살이 다독였다", 그리고 "눈물 빠져 자신을 추스르고 있다" 등의 표현에 주의해 보면, 바로 아픔과 분노, 울분과 서러움을 삭히고 달래는 과정이기도 하다는 것을 알 수 있다. 그러니까 곶감이 되는 과정은 그늘에 아픔을 말리기도 하고, 햇살로 모난 생각을 다독이기도 하며, 눈물로 자신을 위로하는 과정이기도 한 셈이다. 현순애 시인의 시에서 시간의 누적, 혹은 시간의 축적은 단순히 시간의 더께가 쌓여서 시간의 층과 켜를 형성하는 것이 아니라 삭히고 발효시키는 과정이기도 한 것인데, 다음 작품이 이를 더욱 선명히 보여준다.

붉은 광장이 소란하다

서리꽃 피어도 머리띠 질끈 동여매고

세파에 맞서는 저 푸른 배추

여민 옷깃 야무지다

무더기로 연행되어 생살 파고드는 짠물 고문에

의식은 마디마디 풀려 너덜너덜하지만

어머니, 어머니의 어머니

그전부터 내려온 내력이다

각지에서 올라온 성깔 맵고 짠 것들

비록 양념이지만 힘 보태야 한다며 술렁인다

한목소리 내겠다며, 한통속 되겠다며

핏줄 붉게 돋은 고춧가루

최루가스에도 눈물 참고 견뎌온 대파 양파

무며, 당근이며, 갓이며

핍박 심할수록 더욱 뭉쳐지는 단단한 결속

모엽의 포로 되어 깊은 독에 갇히어도

옹기종기 기대앉아 서로를 다독인다

저들로 차려질 연대의 밥상

세상 눈물 나게 깊은 맛 나겠다.

—「김장」, 전문

   이 시에서 핵심적인 역할을 하는 시안詩眼은 "깊은 맛" 이라는 표현이 될 것이다. 김장 김치가 지니게 되는 "깊은 맛"은 언어로 표현하기에는 어려운 맛일 터인데, 그윽하다, 아득하다. 은근하다, 간절하다, 맛깔스럽다 등의 다양한 어휘가 동원되어도 그 "깊은 맛"을 다 형용하기는 어려울 것이다. 시인은 간단히 표현해서 "세상 눈물 나게"하는 맛이라고 형용하고 있으나, 그것이 어떤 맛인지는 다시금 어려운 곤경으로 빠질 수밖에 없다.

　문제는 이러한 맛이 김장을 통해서 이루어진다는 것인데, 시적 공간에서 김장을 담그는 과정은 매우 어렵고 험난한 것으로 그려지고 있다. 먼저 재료가 되는 배추는 서리꽃을 맞으며 세파에 맞서는 시련을 이겨낸 것이며, 거기다 "생살 파고드는 짠물 고문"까지 극복해낸 인고의 산물이다. 그리고 "각지에서 올라온 성깔 맵고 짠 것들"의 단련을 이겨내며, "핏줄 붉게 돋는 고춧가루/ 최루가스에도 눈물 참고 견뎌온" 고난과 고초의 흔적이 새겨진 인고의 산물이기도 하다. 그리고 더욱 중요한 것은 "모옆의 포로 되어 깊은 독에 갇히어도/ 옹기종기 기대앉아 서로를 다독이"며 발효의 시간을 견뎌냈다는 것이다. "세상 눈물 나게 깊은 맛"은 이러한 시련과 고난의 무수한 고비가 응축되고 발효되어 우러난 맛이라는 점에서 예사롭지 않다. 시인이 이러한 맛에 대해서 "세상 눈물 나게" 하는 맛이라는 수사를 덧붙인 것은 눈물 겨운 삭힘의 과정을 견딘 과정에 대한 공감의 표현이라 할 수 있다. 발효와 숙성이란 고통과 시련의 과정이라는 점에서 그 의미와 가치를 평가할 수 있지만, 그것은 다음 시처럼 구원과 갱신의 과정이기도 한다는 점에서도 주목할 만하다.

허망한 참사였다

천의 얼굴 한 주식시장

웃음 흘리며 그물 빠져나가는 시간

나아갈 수도 돌아갈 수도 없는

고통의 몸뚱이만 파닥이다가

부릅뜬 눈동자에 정지된 생 하나

궤짝에 실려

혹한의 골짜기에 부려진다

적절히 채우고 비우지 못했던

생의 오장육부

속절없이 털리어

입 벌린 채 꿰어지고 매달려

공중제비하는

극한의 풀무질에

살점 파고드는

화인 새기는 담금질

뼈와 살 화해 하고 나서야

결 고와져

죽어 다시 사는 부활이다.
―「황태」, 전문

황태란 한 겨울철에 명태를 일교차가 큰 덕장에 걸어 차

가운 바람을 맞으며 얼고 녹기를 스무 번 이상 반복해서 건조시킨 북어를 말한다. 얼고 녹은 과정을 반복한다는 점에서 황태는 역시 시련과 고난의 지난한 과정을 통해서 생성된 것이라 할 수 있는데, 그것이 명태의 변신, 혹은 탈피라는 점에서 거듭남, 혹은 갱신의 과정이라 할 수도 있다. 이러한 사실을 강조하기 위해서 시인은 "죽어 다시 사는 부활이다"라고 하면서 그 의미를 강조하고 있다. 중요한 것은 명태가 "고통의 몸뚱이만 파닥이다가", "혹한의 골짜기에 부려"져서 "생의 오장육부/ 속절없이 털리고", "극한의 풀무질에/ 살점 파고드는/ 화인 새기는 담금질"의 시련과 고난의 과정을 고스란히 겪어냈다는 것이다.

그런데 시적 논리를 깊이 들여다 보면 황태의 담금질은 "천의 얼굴을 한 주식시장"에서 "나아갈 수도 돌아갈 수도 없는/ 고통의 몸뚱이"로 전락한 현대인의 세속적 욕망에 대한 치유이기도 하다. 그리고 황태의 시련과 숙성의 과정이 부활이자 갱생인 것은 "뼈와 살"이 "화해하고" "결"이 "고와"졌기 때문이다. 뼈와 살의 생경하고 거친 조합이 어떤 질서와 무늬를 형성하여 '결'로 귀결될 때, 존재의 변화가 완성되는 셈인데, 시인은 이를 "죽어 다시 사는,/ 부활이다"라고 규정한다. 다시 말해서 갱신의 변화 과정이란 곧 거듭나는 과정이며, 그 결과는 새로운 삶의 시작일 수 있다는 것이다. 물론 이때의 갱신이나 부활이란 주식시장의 탐욕에 물들어 있는 현대인의 삶이 될 것인데, 그것이 부활과 갱신이라는 점에서 하나의 구원이라고 할 수 있다.

그리고 이러한 구원의 과정이란 다시 말하면 얼고 녹는 자
연의 순리를 닮아가는 과정이기도 한데, 얼고 녹는 과정은
곧 숙성의 과정이라는 점에서 숙성이 치유와 갱신의 근원
적 기제로 작동하고 있는 셈이다.

3. 늙어간다는 것, 혹은 둥글어진다는 것

발효와 숙성의 과정이 곧 시련과 고통의 단련이기도 하
지만, 그것은 구원과 갱신의 해방으로 이어질 수 있다는
것을 확인하였다. 현순애 시인의 이번 시집에서 가장 빛나
는 장면이 이러한 시편들이라고 할 수 있는데, 이러한 시
적 정취는 시인의 시간에 대한 사유와 성찰에서 비롯되었
다고 할 수 있다. 시간은 현순애 시인에게 숙성과 발효의
과정으로 다가오기도 하지만, 어떤 무늬라든가 정동의 파
동으로 다가오기도 하는데, 이러한 점에서 시간이야말로
시인에게는 가장 중요한 시적 제재가 되는 셈이다. 시간이
그려내는 무늬를 읽어보자.

닳고 닳은 것들
봄 깔고 앉아 냉이 캐고 있다
겨우내 굳은 땅 헤집느라
벌겋게 담금질한 몸
뭉툭, 으깨어져도

자맥질은 평생의 업보

흙먼지 뒤집어쓴 등허리

한번 굽어져 펴질 줄 모르고

의기투합하며

함께 살아온 삶

몇 번째 맞는 봄인지

셈 흐려졌어도

맞잡은 손 따뜻했다며

서로를 쓰다듬고 있다.

—「노인과 호미」, 전문

　아름다운 작품이다. "노인과 호미" 모두 "닳고 닳은 것
들"로서 시간의 흔적이 외피에 새겨진 형상을 하고 있는
데, "벌겋게 담금질한 몸"이라는 표현에서 그들이 얼마나
많은 시련과 고난의 시간을 견뎌왔는지를 짐작할 수 있다.
그들은 오랜 시간의 고난과 고통을 함께 견뎌왔기에 서로
닮게 되는데, "흙먼지 뒤집어 쓴 등허리/ 한번 굽어져 펴
질 줄 모르고"라는 표현이 그들의 닮은 형상을 묘사하고
있다. "한번 굽어져 펴질 줄 모르고"라는 표현은 시간의 불
가역적 흐름을 암시하고 있는데, 시간이 그들의 허리를 구
부러지게 했으니 곡선이야말로 시간의 형상인 셈이다.

　감동적인 것은 동병상련이라고 하는 것처럼 고난의 시
간을 함께 했기에 그들 사이에는 정서적 유대감이 형성되
었다는 점이다. "의기투합하며/ 함께 살아온 삶"이라는 표

현, 그리고 "맞잡은 손 따뜻했다며/ 서로를 쓰다듬고 있다"는 표현이 노인과 호미 사이에 형성된 정서적 유대감이라든가 공감sympathy의 정서를 함축하고 있다. 중요한 것은 이러한 유대와 공감이 "닳고 닳은 것들"이라는 표현에 암시되어 있는 것처럼 오랜 시간을 함께 한 경험에서 유래하고 있다는 점이다. 그러니까 시간을 함께 하는 것은 관계를 농밀하게 하는 것이기도 하면서 내밀한 공감력을 높이는 것이기도 한 셈이다. 다음 작품은 시간이 탈피와 우화의 기제일 수도 있음을 보여준다.

간신히 까막눈 면한 그녀
육십 바라보는 나이에
수필가로 등단했단다
구로공단 미싱사로 봉제 일 하면서도
배움의 허기 책으로 달랬다는
그녀는 문장 중독자였단다
반지하 방에서 사춘기 보내며
고치 속에서 까맣게 울다
하얗게 혼절하던 나날들
청춘은 번데기가 되었어도
뽀얀 세월 올올이 풀어
초사흗날이면 누에나방 눈썹 같은
가는 문장 하늘에 수 놓으며
아미월로 떠오르곤 했단다.
　　—「초승달」, 전문

시적 서사는 매우 간단해서 "구로공단 미싱사로 봉제일"을 하다가 나이 육십이 다 되어 "수필가로 등단했다"는 여성 수필가가 시적 초점이 되고 있다. 간단한 서사임에도 이 시가 감동을 줄 수 있는 것은 그동안 수필가가 되기까지 겪어야 했을 온갖 고난과 함께 오랜 시간 동안 수필가의 꿈을 지니고 살아왔을 시적 인물의 내면의 열망 때문이다. "간신히 까막 눈을 면한 그녀"라는 점, 그리고 "배움의 허기"를 "책으로 달랬다는" 것, "그녀는 문장 중독자였다"는 것 등의 정보 등이 수필가로 등단한 한 여인의 결핍과 열망, 그리고 몰입과 열정이라는 내면의 드라마를 완성하고 있다.

더욱 절묘한 것은 이러한 여성 수필가의 삶에 대한 비유적 표현이다. 시인은 수필가의 꿈을 지니고 그것을 이룩해낸 여인에 대해서 "반지하 방에서 사춘기 보내며/ 고치 속에서 까맣게 울"었다고 표현하기도 하고, "청춘은 번데기가 되었어도/ 뽀얀 세월 올올히 풀어"라고 하면서 누에가 고치를 짓고 번데기가 되는 탈피의 과정으로 비유하고 있다. 그러니까 여류 수필가의 청춘 시절이란 곤충의 애벌레가 성충으로 되는 과정 중에 한동안 아무것도 먹지 아니하고 고치 같은 것의 속에 가만히 들어 있는 번데기와 같은 것으로 비유하고 있는 것인데, 실제로 곤충의 번데기란 겉보기에는 휴식 상태 같지만 애벌레의 기관과 조직이 성충의 구조로 바뀌는 중요한 시기라고 한다. 결국 여성 수필가는 누에나방이 되어 비상하는데, 다시금 수필가의 문장

은 하늘에 떠 있는 아미월과 같은 것으로 비유된다. 아미월이란 음력 초사흘날의 달로서, 달의 모양이 누에나방의 눈썹같이 예쁘게 생겼다고 하여 이르는 말이다. 애벌레와 고치, 그리고 번데기 단계를 거쳐 나방이 되는 우화의 과정을 통해서 여성 수필가가 겪었을 우여곡절과 변신을 함축하고 있는 것이다. 번데기의 변태 과정과 까막눈의 수필가로의 변신 과정을 오버랩하면서 이 시는 아름다운 시간의 무늬를 아로새겨 놓고 있다. 한편 더 읽어보자.

파도가 부려놓고 간 파도리 해변
굴러온 사연 제각각이어도
인고의 세월, 전설은 하나같아
오랜 세월 몸의 파문 다 지워지고야
마침내 몽돌이었다

잘 이겨 냈다고
잘박잘박 다독이며 보듬어
물들이고 물들어 그놈이 그놈 같은 것들이
반들반들 쏙 빼닮은 것들이
가슴 포개고 일렁이는 아득한 것들이
아슴푸레한 기억의 실루엣 덧칠하는
기암괴석에 뿌리내린 소나무 향해
오히려 안부 되묻고 있다

아버지의 스무 살 허리 침식하던 이념의 상흔들

앙상해진 늑골 사이로 빠져나간

황해도 어촌의 고향과 가족

아픔은 아픔으로 굴리고 다독여야 한다는 듯

아버지의 이력 닮은 모서리 깎인 돌들이

해변에 둥글게 모여 서로를 쓰다듬고 있다

몽돌, 해옥이다.

　　─「몽돌 해변에서」, 전문

　몽돌은 물론 모가 나지 않고 둥근 돌을 지칭하는데, 불쑥 튀어나온 모가 없어져 둥글어질 때까지 겪어야 했을 모진 시간을 함축하고 있는 돌이기도 하다. 이 시에서는 "인고의 세월"이라든가 "오랜 세월 몸의 파문 다 지워지고야/ 마침내 몽돌이었다"라는 표현이 몽돌이 겪었어야 할 모진 시간을 암시하고 있다. 중요한 것은 모서리를 둥글게 하는 그러한 시간의 단련이 "몸의 파문을 다 지우"는 결과를 초래한다는 것이며, 몸의 파문을 다 지운다는 것은 타자들과 닮아지는 것이며 그들과 공감과 유대를 형성한다는 것으로 해석된다 점이다. "물들이고 물들어 그놈이 그놈 같은 것들이"라든가 "반들반들 쏙 빼닮은 것들이"라는 표현이 몽돌이 된다는 것이 곧 타자들과의 이질감을 극복하고 동질감을 형성하며, 그러한 동질감으로 인해서 공감대를 형성할 수 있다는 것을 강조한다. 그러한 동질감과 유대감의 형성은 "가슴 포개고 일렁이는 것들"이라든가 "오히려 안부 되묻고 있다"는 표현에서 알 수 있듯이 타자들에 대한 환대와 위로의 기제로 작동한다.

더욱 주목되는 것은 그러한 세월의 단련이 이데올로기로 모난 세월을 겪은 아버지의 상처를 치료할 수 있을 뿐만 아니라 이데올로기의 극심한 대립으로 분열된 우리나라의 파행적인 현대사에 대한 대안이 될 수도 있다는 시인의 비전이다. "아버지의 스무 살 허리 침식하던 이념의 상흔들"이라는 표현에서 짐작할 수 있듯이 아버지는 젊은 시절 이념으로 인해서 모난 생활을 경험했고 그로 인해서 상처를 입었다는 것을 추측할 수 있다. 그런데 시인은 몽돌을 보면서 "아버지의 이력 닮은 모서리 깎인 돌들이/ 해변에 둥글게 모여 서로를 쓰다듬고 있다"고 하면서 세월의 단련이 그러한 아버지의 상처를 치유할 뿐만 아니라 이질적인 이념의 폭력적 국면을 무마할 수 있을 것임을 암시하고 있다. 공감과 유대라는 정서적 효과가 현순애 시인이 발견한 가장 의미 있는 시간의 무늬가 될 것이다.

4. 시간과 자연, 혹은 예술의 근원

지금까지 시간이 그려내는 다양한 구상적이고 추상적인 무늬를 중심으로 현순애 시인의 시적 비전을 살펴보았는데, 발효와 숙성의 미학도 그렇지만, 공감과 연대의 시간 미학 또한 매우 의미 있고 아름다운 국면을 연출하고 있었

다. 마지막으로 시간, 혹은 자연이 빚어내는 예술, 혹은 그
것들이 품고 있는 심미적 양상에 대해서 살펴보고 이 글을
마무리하려고 한다. 사실 앞서 분석한 작품들에서도 우리
는 심심찮게 자연과 시간 속에서 화음이라든가 무늬의 이
미지를 지닌 심미적 형상을 발견하려는 충동을 확인할 수
있었다. 그만큼 자연과 시간 속에 숨어 있는 아름다움 혹
은 심미적 가치를 발굴하려는 의지는 현순애 시인의 시적
특징으로 생각되기도 할 만큼 매우 의미 있는 국면이기도
한 셈이다. 대표적으로 다음 작품에서 이러한 경향을 분명
히 확인할 수 있다.

지독한 산통의 몸 트림
뭍에서 태어난 해저의 석회암 억만년 서사
제 살점 녹여 쓴 육필자서전이다

물로 세운 지하 궁전
기기묘묘한 형상, 난독의 문장 가만가만 들여다보면
사나운 물발에 할퀸 상처들
물 숨에 휩쓸린 살점의 무덤들
물멀미 연속무늬가 빚어낸 만물상 공원이다

여린 속살 녹여 만든 에밀레종 같은 것이
가슴과 가슴으로 수수만년 이어갈 파문이다

추신으로 휘갈겨 쓴 화려한 문장 말미

나이 든다는 것은,

둥글어지는 일이라고

허공 키우는 일이라고.

　　　　　—「고수동굴, 오감으로 읽어보면」, 전문

　충북 단양에 있는 고수동굴을 보면서 유정하고 그윽한
시적 사유가 펼쳐지고 있다. 고수동굴은 석회 동굴인데,
석회 동굴은 석회암이 물에 녹아서 형성된 천연 동굴이다.
석회암이란 물속에 사는 동물의 뼈나 조개, 그리고 소라
껍데기나 산호와 같이 작은 생물이나 바다에 녹아 있는 석
회질 물질이 가라앉아 쌓여 만들어진 암석인데, 다른 암석
에 비하여 물에 잘 녹는 성질이 있다고 한다. 이런 석회암
이 오랜 침식 작용에 의해서 형성된 것이 석회 동굴인데,
고수동굴은 가장 대표적인 석회 동굴 중 하나이다.
　주목되는 점은 이러한 자연의 침식작용에 대해서 시인
은 "억만년 서사"라든가 "제 살점 녹여 쓴 육필자서전"이
라고 하면서 은유적으로 접근하고 있다는 것이다. 심지어
"지독한 산통의 몸 트림"이라도 하면서 자연이 빚어낸 동
굴을 산고를 치르고 탄생시킨 예술품으로 간주하고 있기
도 하다. 그러니까 석회 동굴에서 시인은 자연의 창작품으
로서 예술을 발견하고 있는 셈인데, "기기묘묘한 형상"이
라든가 "물멀미 연속무늬가 빚어낸 만물상 공원" 등의 구
절들이 그러한 생각을 대변하고 있다.

시인은 이러한 예술품에서 현순애 시인의 특유의 상상력이라고 할 수 있는 세월의 단련과 고통의 내력을 읽어낸다. "억만년의 서사"라는 표현에는 헤아리기 어려운 세월의 누적이 응축되어 있으며 "사나운 물발에 할퀸 상처들"이라든가 "물 숨에 휩쓸린 살점의 무덤들" 등의 표현들이 자연의 예술품에 깃들어 있는 상처와 고통의 흔적들을 함축하고 있다. 시인이 읽어내는 효과 또한 주목되는데, "가슴과 가슴으로 수수만년 이어갈 파문이다"는 구절이 깊은 공감력을 암시하고 있다면, "나이 든다는 것은/ 둥글어지는 일이라고/ 허공 키우는 일이라고"라는 구절은 고수동굴이 전하는 예술적 메시지와 함축적 의미를 시사하고 있다. 헤아릴 수 없는 세월 동안 조금씩 침윤되어 공간이 생기고 또한 깎이고 다듬어져 둥근 형상이 빚어지는 석회암 동굴을 통해서 둥글어지고 비우는 세상의 지혜를 읽어내고 있는 셈이다.

　자연의 섭리나 생태에서 예술적 형상을 발견하려는 것은 시인의 주된 상상력의 구도이기도 한데, 「봄바람」에서는 "봄 물결 출렁이는/ 목덜미 붉은 어린 사월이 초상/ 수채화로 완성하고/홀연히 떠나가는 화공이다"라고 하면서 봄바람이 그려내는 자연의 풍경을 한편의 수채화로 읽어내기도 한다. 또한 제주도 오름의 풍경을 사진으로 담아낸 예술가의 생애를 그린 시에서는 "섬을 본 사람은 이내 영혼을 **빼앗기고** 말아/ 영영 이별 없는 곳으로 가고 말아/ 비바람과 안개에 홀린 사람은/ 영영 돌아오지 않는다."(「갤러리 두모악」)라고 하면서 자연의 예술품에 매료된 예술가의 영혼을 노래하기도 한다. 시간이 만들어내는 심미적 가치를 묘사한 시를 마지막으로 한편 더 읽어본다.

가지런한 매무새 음전한 자태
주름치마 곱게 입고 부르는 노래

낭창한 허리춤에
햇살처럼 퍼지는 음표들
주름진 고랑에서 불어오는
나뭇잎 흔드는 푸른 숨소리
한여름 소낙비 선율이다

지칠 줄 모르는 고갯장단
영혼 없는 노래에도 응달지는 한낮
혼자 읊조리다 산그늘 내려오는
뒤란 댓잎, 살 비벼 우는 소리

뜨거운 사랑도 이제는 식어
열정의 노래 꿈결처럼 아득해도
산그늘 강물에 아른거리는 실루엣
가지 끝에 걸린 노을빛
명창 한 소절이다.
　　　　―「쥘부채」, 전문

쥘부채는 접고 펼 수 있는 부채를 통칭한다. 중요한 것은 쥘부채가 많은 주름으로 만들어졌다는 것인데, 현순애 시인의 시에서 주름은 시간의 구상적 형상이기도 하다. 이 시의 시적 공간에는 많은 주름의 이미지들이 등장하는데, "주름치마 곱게 입고 부르는 노래"에서의 '주름치마', 그리고 "주름진 고랑에서 불어오는/ 나뭇잎 흔드는 푸른 숨소리"에서의 '주름진 고랑' 등이 바로 그러한 이미지들이다. 이러한 주름의 이미지들은 "뜨거운 사랑도 이제 식어"라든가 "가지 끝에 걸린 노을빛" 등의 이미지와 결합하여 시간의 축적과 흐름이라는 의미를 생성하게 된다. 그러니까 '주름'의 이미지는 노인의 '주름살'과 같이 세월의 응축이라는 의미를 지니게 되는 것이다.

이 시에서 "주름치마 곱게 입고 부르는 노래"가 자연의 음향으로 비유되고 있는 대목이 주목되지 않는 것은 아니다. "주름진 고랑에서 불어오는/ 나뭇잎 흔드는 푸른 숨소리"라든가 "한여름 소낙비 선율이다", 그리고 "뒤란 댓잎, 살 비벼 우는 소리" 등의 구절이 쥘부채를 쥐고 부르는 노래가 자연이 내는 소리를 닮았음을 강조한다. 하지만 "가지 끝에 걸린 노을빛/ 명창 한 소절이다"라는 구절에서 연상할 수 있는 소리가 자연의 소리처럼 맑고 청아한 소리는 아닐 것이다. 그것은 아마도 쥘부채처럼 온갖 우여곡절을 겪어온 한 인생이 부를 수 있는 판소리의 그것과 같은 오묘한 소리, 혹은 인생의 희로애락을 모두 담아내는 득음의 소리와 같을 것이다. 그것은 아마도 주름살의 소리라고도 할 수 있고, 현순애식으로 표현하면 세월이 삭혀낸 소리, 혹은 복욱한 향기를 발산하는 발효의 소리라고도 할 수 있을 것이다.

지금까지 현순애 시인의 첫 시집의 그윽하고 아름다운 시세계와 심미적 특징에 대해서 살펴보았다. 첫 시집에서 이 정도 깊이의 시적 사유와 형상화의 수준을 보여주는 것은 쉽지 않을 것이다. 자연과 시간이 빚어내는 심미적 가치를 발굴하는 심미안도 예사롭지 않지만, 발효와 삭힘의 미학적 효과라든가 시간이 빚어내는 구상적이고 추상적인 예술적 효과로서의 무늬를 그려내는 상상력도 범상치 않다. 무엇보다 과장과 허세가 없는 시적 전개와 균형감각, 그리고 정갈하고 단정한 시적 형상화가 시인의 앞으로의 행보를 주목하게 한다.

김장

현 순 애

붉은 광장이 소란하다
서리꽃 피어도 머리띠 질끈 동여매고
세파에 맞서는 저 푸른 배추
여민 옷깃 야무지다
무더기로 연행되어 생살 파고드는 짠물 고문에
의식은 마디마디 풀려 너덜너덜하지만
어머니, 어머니의 어머니
그전부터 내려온 내력이다
각지에서 올라온 성깔 맵고 짠 것들
비록 양념이지만 힘 보태야 한다며 술렁인다
한목소리 내겠다며, 한통속 되겠다며
핏줄 붉게 돋은 고춧가루
최루가스에도 눈물 참고 견뎌온 대파 양파

무며, 당근이며, 갓이며
핍박 심할수록 더욱 뭉쳐지는 단단한 결속
모엽의 포로 되어 깊은 독에 갇히어도
옹기종기 기대앉아 서로를 다독인다
저들로 차려질 연대의 밥상
세상 눈물 나게 깊은 맛 나겠다.

    뭉치면 살고 흩어지면 죽는다. 이 만고불변의 법칙은 모든 종들에게 해당되며, 어떤 생명체도 단독자로서의 삶을 살아갈 수가 없다. 소나무는 소나무끼리 모여 살고, 참나무는 참나무끼리 모여 산다. 사슴은 사슴끼리 모여 살고, 사람은 사람끼리 모여 산다. 콩은 콩끼리 모여 살고, 팥은 팥끼리 모여 산다. 이 사회적 결속력이 종의 번영과 종의 행복에 맞닿아 있기 때문이며, 따라서 무리로부터, 또는 사회로부터의 이탈은 그 생명체의 죽음을 뜻한다.

    현순애 시인의 「김장」은 '김장의 사회학'이며, "서리꽃 피어도 머리띠 질끈 동여매고/ 세파에 맞서는 저 푸른 배추"처럼, 백절불굴의 승전가라고 할 수가 있다. "서리꽃 피어도 머리띠 질끈 동여매고/ 세파에 맞서는 저 푸른 배추"는 상승장군이라고 할 수가 있는데, 왜냐하면 "무더기로 연행되어 생살 파고드는 짠물 고문에"도 두 눈 하나 끄떡하지 않고 "어머니의 어머니/ 그전부터 내려온" 역사와 전통을 온몸으로 계승하고 있기 때문이다. 이 푸른 배추의 살신성인의 진두지휘 아래 "각지에서 올라온 성깔 맵고 짠 것들", 즉, 고춧가루, 대파, 양파, 당근, 갓 등이 "비록 양념이지만" "한 목소리 내겠다며, 한통속 되겠다며" 이 세상에서 가장 맛있고 영양가가 풍부한 김치가 되어주고 있는 것이다. 핏줄 붉게 돋은 고춧가루는 고급장교와도 같고, 최루가스에도 눈물 참고 견뎌온 대파, 양파 등은 백절불굴의 하사관과도 같고, 이밖에도 무며, 당근이며, 갓 등은 결코 자기 자신의 목숨을 구걸하지 않는 최정예 부대원과도 같다.

우리는 모두가 하나이며, "핍박 심할수록 더욱더 뭉쳐지는 단단한 결속력"을 자랑한다. 대동단결은 백전백승의 필승전략이며, 이들의 전투정신과 연대의식에 의해 "세상 눈물 나게 깊은 맛"을 내는 "연대의 밥상"이 탄생하게 되는 것이다.

김치란 배추를 소금물에 절인 후, 고춧가루와 대파와 양파와 무와 당근과 갓과 마늘과 온갖 양념을 첨가한 한국전통의 발효식품이자 일종의 조리 양식이라고 할 수가 있다. 김장이란 겨울철에는 신선한 채소를 구할 수가 없었기 때문에, 겨우내 먹을 김치를 한목에 담가두는 일을 말하고, 이 김장 덕분에 저장성이 뛰어나고 아주 중요한 비타민의 섭취와 함께, 인간의 모든 장을 튼튼하게 해주는 김치를 두고두고 먹을 수가 있었던 것이다.

우리 한국인들의 요리문화에서 가장 자랑스러운 것이 있다면 이 김장 김치이며, 이 김장 김치가 있기 때문에 우리 한국인들의 역사와 전통이 발전해왔다고 할 수가 있다. 김장 김치는 단순한 발효식품이 아닌데, 왜냐하면 김장 김치는 우리 한국인들의 정신과 육체이자 생명 자체라고 할 수가 있기 때문이다. 우리는 김장 김치로 하나가 되고, 우리는 김장 김치로 우리 한국인들의 역사와 전통을 이어나간다.

우리 한국인들의 무한한 에너지의 보고인 김장 김치, 대동단결의 상징이자 역사와 전통의 상징인 김장 김치, 우리 한국인들은 이 김장 김치처럼 하나가 되고, 이 연대의식에 의해서 대한민국의 오천년의 역사와 전통을 이어올 수가 있었던 것이다.

구멍

현 순 애

구멍은 생의 출발점이지

여자의 엄마
그 엄마의 엄마, 그 엄마의 엄마의 엄마는
동굴 속에서 쑥과 마늘 먹고
사람이 되었다지
따뜻하고 아늑한 동쪽 끝 고요 속에서
여자를 완성하고
한줄기 폭포수로 쏟아질 때
스스로 펼쳐진 낙하산처럼
우주의 기와 접선했다지
작은 빛에도 반응했을 눈구멍부터
농밀한 밤꽃에도 벌렁거렸을 콧구멍
첫 새벽 목울대 세우던 목구멍
소리에 촉각 세워 귀 기울였을 귓구멍
또, 은밀한 그 구멍까지
엄마를 쏙 빼닮은 여자
오십 고개 넘어 찾아온 폐경
고립의 구멍과 관절에서 부는 바람 소리에
목젖 무너져 내린 의식 꺼진 밤이면

입 벌린 채 드르렁드르렁 집 한 채 흔들고
스스로 흔들다 구멍들 헐거워져
집 무너져 내릴 때면
다시 왔던 길 되짚어 돌아갈 터

구멍은 생의 종착점이지.

세속은 일상의 영역이고, 신성은 이곳이 아닌 저곳, 즉, 초월의 영역이다. 일은 세속적인 활동의 원동력이고, 신성은 모든 욕망과 그 다툼을 초월해버린 성스러운 영역이다. 밥을 먹고 사는 것은 생존투쟁의 싸움이 되고, 이 싸움은 죄를 짓고 죄악을 정당화하는 행위가 된다. 이에 반하여, 모든 욕망과 그 다툼을 초월해버린 신성의 영역은 따지고 보면 하나의 이상이자 그 어디에도 없는 종교의 영역이라고 할 수가 있다. 일상인들의 삶은 사제들의 물질적 토대가 되고, 사제들의 금욕적인 삶은 일상인들의 정신적 토대가 된다. 시를 쓴다는 것은 세속의 영역에서 일을 하며, 그 일을 신성의 영역으로 승화시키는 것이라고 할 수가 있다. 시는 세속과 신성, 또는 물질과 정신의 접경 지대에 존재하며, 이 세속과 신성의 만남을 통해 일상의 때를 씻고 진정한 시인(언어의 사제)이 탄생하게 된다.

『애지』는 이번 호에도 「구멍」, 「김장」, 「갤러리 두모악」, 「마른 꽃」, 「때밀이 하나님」을 응모해온 현순애 씨를 애지신인문학상 당선자로 내보낸다. 현순애 씨의 시론은 '구멍'인데, 왜냐하면 "구멍은 생의 출발점"이자 "생의 종착점"이기 때문이다. 이 구멍 속에서 "엄마의 엄마, 그 엄마의 엄마의 엄마"가 "쑥과 마늘을 먹고" 단군 조선인이 되었고, "따뜻하고 아늑한 동쪽 끝 고요 속에서/ 여자를 완성하고/ 한줄기 폭포수로 쏟아질 때/ 스스로 펼쳐진 낙하산처럼/ 우주의 기와 접선했"던 것이다.

환웅과 웅녀, 마늘과 쑥을 먹고 사람이 되어 단군을 낳은 웅녀, 맨 처음의 아침의 나라, 그 동방의 나라에서 단군 조선을 건국하게 한 우리들의 영원한 엄마인 웅녀ㅡ. 이 우리들의 영원한 엄마 역시도 구멍 속에서 태어났다가 구멍 속의 삶을 살며, 구멍 속으로 돌아갔다가, 또다시 구멍 속에서 태어났던 것이다.

"작은 빛에도 반응했을 눈구멍/ 농밀한 밤꽃에도 벌렁거렸을 콧구멍/ 첫 새벽 목울대 세우던 목구멍/ 소리에 촉각 세워 귀 기울였을 귓구멍/ 또, 은밀한 그 구멍까지/ 엄마를 쏙 빼닮은 여자"ㅡ. 하지만, 그러나 "오십 고개 넘어 찾아온 폐경"을 맞이하면 고립의 구멍과 관절에서 바람이 불고, 목젖이 무너져 의식까지 꺼진 밤을 맞이하게 된다. "입 벌린 채 드르렁드르렁 집 한 채 흔들고/ 스스로 흔들다 구멍들 헐거워져/ 집 무너져 내릴 때면/ 다시 왔던 길 되짚어 돌아갈 터ㅡ," 요컨대 구멍은 삶의 출발점이자 삶의 종착점이었던 것이다.

구멍은 존재의 기원이며 토대이고, 구멍은 할아버지이자 아버지이며, 그 손자이다. 구멍은 이 세상과 저 세상이고, 아침의 나라이자 동방의 나라이다. 구멍은 삶의 숨구멍이고 똥구멍이며, 구멍은 일터이자 둥근 우주이다. 우리는 모두가 다같이 구멍 속에서 태어나 구멍 속으로 돌아가지만, 그러나 이 구멍은 시작도 끝도 없고 둥근 원형으로 되어 있다. 둥근 것은 무한하고, 무

한한 것은 영원하고, 영원한 것은 구멍이며, 이 '구멍 속의 시학'
이 현순애 씨의 시적 철학(주제)인 것이다.

　모든 것이 가고 모든 것이 되돌아 온다. 인간도 짐승도 구멍이
고, 개미도 풀도 구멍이고, 고래와 새도 구멍이다. 구멍이 굴러
가고, 수많은 구멍들이 되돌아오지만, 그러나 이 구멍은 다 다르
고, 똑같은 것이 없다. 자유와 개성과 사랑과 모든 사상과 이론
과 그 취향이 다 다른 것이다. 나는 나이고, 나는 나의 구멍의 아
버지이자 그 자손인 것이다.

　현순애 씨의「구멍」은 매우 뛰어나게 아름다운 우주적인 숨쉬
기이며, 그 구멍 속에는「김장」과「갤러리 두모악」과도 같은 예
술적 삶도 숨을 쉬고,「마른 꽃」과「때밀이 하나님」과도 같은 구
도자의 삶도 숨을 쉰다. 자기 자신의 희생과 우리 모두가 하나
가 되는 '연대의식'을 노래한「김장」, '이어도'를 본 적 없지만 그
이어도를 위해 신성모독적인 열정을 남기고 떠난「갤러리 두모
악」, "오래된 시집 갈피 속에/ 시를 품고 있는 꽃잎처럼" "어디선
가 바스락 향기가" 나는「마른 꽃」, 죄를 짓고 또 죄를 짓는 이 세
상 사람들에게 "탕자야/ 너는 내 아들이다"고 더욱더 크게 용서
하고 사랑해주는「때밀이 하나님」―. 현순애 씨의 우주적 숨쉬
기는 그의 숨구멍이자 그의 출발점이라고 할 수가 있다.

갤러리 두모악

현 순 애

섬에 홀려 섬으로 간 사람은
끝내 돌아오지 않았다
방아 찧으며 주문 외우듯 부르던 노래
구원의 섬 이어도를 찾아
카메라에 짊어진 가난과 고통으로 등이 휘어도
신들린 듯 오르내리던 오름과 초원에서
신기루 같이 나타났다 사라지는
섬을 채집하러 풍랑과 맞섰던 풍경 사냥꾼
섬을 엿보았다는 죄였을까
셔터 누를 힘까지 앗아버린
젊음도 열정도 순식간에 냉각시킨 루게릭
화산재 되어 뿌려진 두모악 앞마당
은하수 지나자 필름이 풀어놓은 섬의 풍광 속에서
봉긋한 오름이 엄마 젖가슴으로 포근히 안겨온다
좀처럼 맛볼 수 없는 평화와 고요의 모습이
속살로 속삭이며 일상에 지친 마음 내려놓으라 한다
자유로워진 바람 안고 자유롭게 떠돌던 그가
집착과 욕심 내려놓고 어서 오라 손짓한다
이어도를 본 사람은 없다
섬을 본 사람은 이내 영혼을 빼앗기고 말아

영영 이별 없는 곳으로 가고 말아

비바람과 안개에 홀린 사람은

영영 돌아오지 않는다.

순수예술가가 있고, 상업예술가가 있다. 순수예술을 하는 사람은 예술의 목표를 정하고 그 목표를 향해 너무나도 분명하고 확실한 정도正道의 길을 걸어가는 사람을 말하고, 상업예술을 하는 사람은 예술의 목표보다는 예술가의 탈을 쓰고 패도覇道의 길을 걸어가는 사람을 말한다. 정도란 단 하나뿐인 목숨을 걸고 그 어떤 타협이나 비굴한 굴종을 모른 채, 고귀하고 위대한 길을 걸어가는 것을 말하고, 패도란 오직 돈과 명예와 권력을 위해 모든 신의를 다 버리고 온갖 권모술수와 사악한 방법을 다 동원하는 것을 말한다.

어떤 민족이 고귀하고 위대한 민족인가를 알 수 있는 방법은 그 민족이 전인류의 스승들을 얼마나 많이 배출해냈느냐로 알 수가 있을 것이다. 영국인들은 셰익스피어, 예이츠, 제임스 조이스, 뉴턴, 스티븐 호킹, 찰스 다윈, 프란시스 베이컨, 존 로크, 흄 등을 배출해냈고, 독일인들은 괴테, 토마스 만, 막스 플랑크, 칸트, 헤겔, 니체, 쇼펜하우어 등을 배출해냈다. 유태인들은 마르크스, 프로이트, 아인시타인, 오펜하이머, 베르그송, 에리히 프롬, 프란츠 카프카 등을 배출해냈고, 프랑스인들은 빅토르 위고, 발자크, 데카르트, 사르트르, 나폴레옹, 미셸 푸코, 자크 데리다 등을 배출해냈다. 영국인과 독일인과 프랑스인과 유태인들은 그들만의 역사와 전통이 있고, 이 역사와 전통은 그들만의 도덕의 정도를 말해준다. 자기 자신이 만인들의 아버지이자 스승이 되고, 그 모든 것을 심판하는 재판관이라면, 이 전인류의 스승들을 배출해낸 국가는 모든 인간들이 존경하고 부러워하는 영원한 제국을 건설했다는 것을 말한다.

순수예술가의 길이 전인류의 스승의 길이라면, 상업예술가의 길은 전인류의 조롱거리인 불량배의 길이라고 할 수가 있다. 우리 한국인들이 배출해낸 인물은 이명박, 박근혜, 노무현, 문재인, 조국, 안철수, 박정희, 전두환 등이고, 우리 한국인들의 역사와 전통은 너무나도 간사하고 사악한 패도 위에 기초해 있다고 할 수가 있다. 한국어로 말하고, 한국어로 가치판단을 하고, 한국어로 도덕왕국을 세울 수가 없었기 때문에, 수천 년 동안이나 이민족의 지배를 받을 수밖에 없었던 것이다. 일제시대 때는 일본으로 유학만 가면 '천황폐하만세'를 외치고 신사참배를 했었고, 1945년, 미군 점령 이후에는, 미국으로 유학만 가면 예수쟁이가 되었고, 숭미파가 되었다. 이제 친일파는 민족의 반역자가 되었고, 숭미파는 진정한 애국자가 되었다. 사대주의는 패도의 길이자 망국의 길일 수밖에 없는데, 왜냐하면 사대주의는 미국에게, 일본에게, 중국에게 개같은 충성을 맹세하며, 제 동족의 목을 비틀어 버리기 때문이다. 너도 없고, 우리도 없다. 조국도 없고, 부모 형제도 없다. 오직 우리의 이웃과 국가와 민족이 다 망하더라도 나와 나 자신의 가족만이 살아 남으면 되는 것이다. 그 결과, 우리 한국인들은 영토주권, 군사주권, 외교주권, 경제주권, 사법주권 등을 다 빼앗겨버린 민족이 되었고, 미국과 중국이 눈만 부릅 뜨면 군소리 한 마디 못하고 벌벌벌 떨게 된다. 한국의 기독교인들, 이 사대주의자들은 예수의 이름으로 단군, 광개토대왕, 장수왕, 태조왕건, 세종대왕, 이순신 등의 목을 비틀어버린 것은 물론, 그토록 오래된 대한민국의 오천년의 역사를 다 지워버렸다. 우리 대한민국의 오천년의 역사 대신에 이스라엘의 유태인의 역사가 자리를 잡았고, 생전 듣도 보도 못했던 아브라함, 이삭, 야곱, 롯, 모세, 사도 바울, 베드로 등의 이민족의 야수들이 그 지배권을 행사하게 되었던 것이다. 영국인 대 한국인, 독일인 대 한국인, 프랑스인 대 한국인, 유태인 대 한국인, 미국인 대 한국인들 중, 어느 민족이 고귀하고 위대한 민족인가는 더 이상 따질 필요가 없을 것이다.

순수예술은 정도 위에 기초해 있으며, 순수예술가는 고귀하고 위대한 길을 가고, 상업예술은 패도 위에 기초해 있으며, 상업예술가는 더없이 더럽고 추한 온갖 권모술수와 사색당쟁의 길을 간다.

사랑한다는 것은 단 하나뿐인 목숨을 걸고 자기 자신의 길만을 간다는 것이며, 그 티없이 맑고 깨끗한 순수예술가의 정신으로 영원한 이상낙원을 창출해낸다는 것이다. 영원한 이상낙원인 '이어도'를 찾을 수만 있다면 가난과 고통으로 등이 휘어져 버려도 좋고, 셔터를 누를 힘은 물론, 그의 젊음과 열정마저도 순식간에 냉각시켜버린 루게릭 병도 좋은 것이다.

이어도를 본 사람은 없지만, 이어도를 본 사람은 이내 그 목숨을 빼앗기고 만다. 영원히 불가능한 풍랑과 맞섰던 풍경 사냥꾼, 그러나 그 신성모독적인 열정으로 남기고 간 「갤러리 두모악」,

이 「갤러리 두모악」에는 좀처럼 맛볼 수 없었던 평화와 고요가 자라나고, 그의 영혼과 순수예술의 정신이 영원불멸의 삶을 산다. 현순애 시인의 「갤러리 두모악」은 한 사진작가의 예술정신을 이해하고, 그 사랑의 힘으로 창출해낸 언어의 신전이라고 할 수가 있다. 순수예술이란 이처럼 자기 자신과 타인들을 높이높이 끌어올리는 정신이며, 그 모든 구성원들을 고급문화인으로 인도하는 전인류의 스승의 길이기도 한 것이다. 순수예술가는 사랑의 대상까지도 창조하고, 그의 붉디 붉은 피(언어)로 이상낙원의 신전을 짓는다.

철새 도래지, 화진포

현 순 애

살맛 잃어 야윈 발목
미시령 넘어 화진포로 서식지 옮기는 철새
오늘은 고니쯤 되기로 하자

호수와 바다가 만나
간 맞추어 통정하는 화진호에는
연어, 숭어 떼 지어 희롱하고
동해가 달려온 산줄기와 은밀히 내통하다가
바람도 물결도 잠이 들면
전설에 잠긴 마을 잠깐 보여준다는데

고운 모래사장 모래톱으로
부지런히 먼 이야기 퍼 나르는
파도가 부려놓고 간 물기 스민 첩첩산중에 묻혀
한 사나흘 살아보자
일렁이는 물결에 서리서리 얽힌 세상살이
실마리도 풀어보고
생각 많은 머릿속은 솔바람에 헹궈도 보자

하늘과 바다가 절정이 되는

저 농밀한 세상에서

절묘하게 선경이 되는 화진포 해안가

모래 밟는 소리에 홀려

고니처럼 한 계절 살다 보면

살맛 다시 찾을 수 있을까.

―『애지』 2022년 여름호에서

화진포는 동해 연안에 형성된 석호潟湖로서 그 경관이 아름다워 김일성 별장과 이승만 별장 등이 있었고, 오늘날에도 강원도 기념물 제10호로 지정되어 관리되고 있다고 한다. 동해안의 호수 가운데 가장 크고, 면적은 2.39㎢이고 호수의 둘레는 16㎞에 달한다고 한다. 화진포는 전형적인 석호潟湖이며, 호수와 바다 사이에는 화진포 해수욕장이 있다고 한다. 화진포 주변에는 다양한 생물들이 서식하고, 담수호에는 수많은 민물고기들과 함께, 도미와 전어같은 바닷 물고기가 많아서 수많은 낚시꾼들이 즐겨 찾는다고 한다.

철새란 무엇인가? 철새란 알을 낳아 기르는 번식지와 추운 겨울을 나는 곳이 따로 정해져 있어 철따라 최적의 장소로 옮겨 다니며 사는 새를 말한다. 봄에 와서 여름을 지내고 가을에는 남쪽으로 돌아가는 여름 철새도 있고, 가을에 와서 겨울을 지내고 봄에는 북쪽으로 돌아가는 겨울 철새도 있으며, 북쪽에서 번식을 하고 겨울에는 따뜻한 남쪽에서 지내는 새로, 지나가는 길에 잠깐씩 들르는 나그네 철새도 있다. 여름 철새로는 제비, 두견이, 뜸부기, 꾀꼬리, 백로, 왜가리 등이 있고, 겨울 철새로는 두루미, 청둥오리, 논병아리, 독수리, 큰고니 등이 있다.

철새란 최적의 장소를 찾아 다니는 떠돌이 새들을 말하지만, 따지고 보면 모든 생명체들 역시도 떠돌이 철새들에 지나지 않는다. 여름철에는 고산지대에서 살다가 겨울철에는 산 아래로 내려가는 유목민들도 있고, 수많은 오아시스와 푸른 초지만을 찾아다니는 유목민들도 있다. 미국과 유럽으로 더욱더 자기 자신의 꿈과 희망을 쫓아 떠돌아 다니는 사람들도 있고, 오직 돈만을 생각하며 중앙 아시아와 아프리카 대륙 등을 떠돌아 다니는 사람들도 있다. 최적의 장소는 유토피아이고, 유토피아는 사시사철 젖과 꿀이 흐르는 극락과 천국의 세계를 말한다. 우리들의 꿈과 희망은 비록, 상상 속에서의 일이기는 하지만, 최적의 장소에서 시작되고, 이 최적의 서식지를 찾지 못하면 그는 존재의 근거를 잃어버리고 끊임없이 유랑민처럼 떠돌아 다니며 살맛을 잃게 된다.

맛이란 음식 따위가 혀에 느껴지는 감각을 말할 때도 있고, 어떤 사물이나 현상에서 느껴지는 느낌이나 분위기를 말할 때도 있고, 맛이란 어떤 일에 대하여 만족스러움이나 그 재미를 말할 때도 있다. 요컨대 살맛이란 세상 살아가는 재미나 느낌을 말하고, 이 살맛을 잃었다는 것은 그의 존재의 토대가 위태롭고 만족스럽지 못하다는 것을 말하게 된다. "살맛 잃어 야윈 발목"은 도로아미타불의 헛수고와도 같은 삶을 말하고, "미시령 넘어 화진포로 서식지 옮기는 철새"는 살맛을 잃은 존재의 떠돌이 신세를 말한다. 산다는 것은 뿌리를 박고 산다는 것을 말하고, 서식지를 옮긴다는 것은 뿌리를 박지 못하고 새로운 곳으로 자리를 옮긴다는 것을 말한다. 이주는 뿌리뽑힘이며, 새로운 곳에 뿌리를 내리고 산다는 것은 기후와 풍토 이외에도 죽을 만큼의 고통과 비애를 감당하지 않으면 안 된다.

하지만, 그러나, 화진포는 호수와 바다가 만나 통정하는 곳이며, "연어와 숭어 떼 지어 서로 희롱하고", "동해가" "산줄기와 은밀히 내통하다가/ 바람도 물결도 잠이 들면/ 전설에 잠긴 마을을 잠깐 보여"주는 곳이라고 할 수가 있다. "고운 모래사장 모래톱으로/ 부지런히 먼 이야기 퍼 나르는/ 파도가 부려놓고 간 물기 스민 첩첩산중에 묻혀/ 한 사나흘 살아보자/ 일렁이는 물결에 서리서리 얽힌 세상살이/ 실마리도 풀어보고/ 생각 많은 머릿속은 솔바람에 헹궈도 보자"라는 시구가 그것을 말해주고, "하늘과 바다가 절정이 되는/ 저 농밀한 세상에서/ 절묘하게 선경이 되는 화진포 해안가/ 모래 밟는 소리에 홀려/ 고니처럼 한 계절 살다 보면/ 살맛 다시 찾을 수 있을까"라는 시구가 그것을 말해준다.

화진포는 옛이야기의 전설의 마을이고, 하늘과 바다가 절정이 되는 선경의 마을이며, 그 모든 꿈과 희망이 다 이루어지는 살맛 나는 마을이다. 현순애 시인의「철새 도래지, 화진포」는 살맛나는 마을이고 유토피아이며, 내가 '나'로서 나의 행복을 연주할 수 있는 최적의 장소가 된다.

살맛이 난다는 것은 먹고 입고 사는 걱정이 없다는 것을 말하고, 미래에 대한 불안과 공포가 극복되고, 이 세상의 삶에 대한 찬가를 부를 수가 있다는 것을 말한다. 일이 자기 자신의 성장과 세계의 발전에 기여를 하게 되고, 그의 삶 자체가 군더더기가 하

나도 없는 예술이 되는 세계가 현순애 시인의「철새 도래지, 화
진포」라고 할 수가 있을 것이다.

「철새 도래지 화진포」—, 삶의 고통과 지겨움, 즉, 실존의 일
상성이 극복되고, 일이 놀이가 되고, 이 놀이가 예술이 되는 현
순애 시인의「철새 도래지 화진포」—.

모든 시는 꿈이고 희망이며, 이 꿈과 희망이 있기 때문에 이
세상의 영원한 유토피아인 화진포가 존재할 수가 있는 것이다.

곶감을 꿈꾸다

현 순 애

바람 넘나드는 문간방 처마
그늘에 매달려 아픔 말리고 있다

허공에 상처 부벼
껍질 만드는 일이다

흔들어대는 바람도
손 놓아버린 감나무 가지도 야속해
저 아래로 뛰어내리고 싶을 때
괜찮다, 괜찮다
제격인 찬 바람과
생각의 모서리에서 만난 햇살이 다독였다

배고픈 새도 염탐하는 곶감
벌써 일주일
눈물 빠져 자신을 추스르고 있다

서리 내린 듯 하얀 분 피워올리며
뭉친 근육 주무르듯
상처난 속내 주무르고 있다.

곶감은 우리나라의 대표적인 건조과일로 단맛이 아주 풍부한 영양간식이라고 할 수가 있다. 비타민과 미네랄과 식이섬유도 풍부하고, '탄닌'이라는 성분도 아주 풍부하며, 따라서 기관지와 혈관과 항균 등에도 아주 효능이 뛰어나다고 한다. 가을에 감의 꼭지는 그대로 두고 껍질을 모두 깎아낸 다음 곶감걸이에 걸어서 2~3주 동안 말려주면 천하제일의 곶감이 탄생하게 된다.

현순애 시인의 「곶감을 꿈꾸다」는 '출발－모험－싸움(시련)－탄생'이라는 영웅신화에 기초한 서정시라고 할 수가 있다. "바람 넘나드는 문간방 처마/ 그늘에 매달려 아픔 말리고 있다"와 "허공에 상처 부벼/ 껍질 만드는 일이다"라는 시구는 고통의 지옥훈련과정을 끝낸 전사와도 같고, "흔들어대는 바람도/ 손 놓아버린 감나무 가지도 야속해/ 저 아래로 뛰어내리고 싶을 때/ 괜찮다, 괜찮다/ 제격인 찬 바람과/ 생각의 모서리에서 만난 햇살이 다독였다"라는 시구는 그 고통의 지옥훈련과정 끝에 스승과 부모형제와 그의 이웃들을 원망하면서도, 그들의 무한한 애정과 성원에 보답하고자 하는 자기 수양의 과정을 뜻한다고 할 수가 있다. 백전백승의 최고급의 전사가 되려면 고산영봉을 자유자재롭게 뛰어다닐 수 있는 육체가 있어야 하고, 천하제일의 영웅이 되려면 그 모든 지식들을 발효시켜 최고급의 사상(곶감)으로 창출해내지 않으면 안 된다. 건강한 육체에 건강한 정신이 깃들고, 건강한 정신에 건강한 육체가 깃든다.

이 세상에서 가장 고귀하고 훌륭한 영웅들은 어떠한 사람들일까? 그들은 어떻게 태어났고, 무엇을 이룩했으며, 어떻게 죽어갔을까? 모든 영웅들은 부처와 예수처럼 영웅의 표지를 지니고 태어났으며, 그들은 그가 소속된 사회와 국가와 인류의 영광을 위하여 자기 자신의 단 하나뿐인 몸을 희생시켜 나갔던 성자들이라고 할 수가 있다. 우리 인간들은 사회적 동물인 만큼 사회성을 제거하고는 그 어떤 신화도 창출해낼 수가 없다. 도덕도, 법률도 이타적인 희생정신에 기초해 있고, 교육도, 문화예술도 이타적인 희생정신에 기초해 있다. 이타적인 희생정신이란 나를 나로서 존재하게 하는 목숨을 버리라는 것을 뜻하고, 이 사회적 명령의 극단적인 예가 '자살특공대'라고 할 수가 있다. '살려고 하면 죽고, 죽기를 각오하면 산다'는 임전무퇴의 희생정신이 그것이고, 이 '임전무퇴의 희생정신'은 '자살특공대'라는 무시무시한 말을 좀 더 세련되게 순치시킨 말에 지나지 않는다.

호머라는 곶감, 셰익스피어라는 곶감, 광개토대왕이라는 곶감, 태조왕건이라는 곶감, 세종대왕이라는 곶감, 보들레르라는 곶감, 랭보라는 곶감, 베토벤이라는 곶감, 모차르트라는 곶감, 서울이라는 곶감, 청주라는 곶감, 대한민국이라는 곶감, 니체라는 곶감, 쇼펜하우어라는 곶감, 공산주의라는 곶감, 염세주의라는 곶감, 낙천주의라는 곶감―.

곶감은 과일이고 상징이며, 기호이다. 곶감은 시인이고, 영웅이고, 영토이다. 곶감이 기호인 한 상징이 될 수도 있고, 우리는 이 상징을 통해 수많은 사상과 이론들을 창출해낼 수도 있다. 고귀하고 거룩한 말이 담겨 있고, 크고 위대한 뜻이 담겨 있다. 아름다움과 훌륭함의 뜻이 담겨 있고, 순수하고 순결한 뜻이 담겨 있다. 맛이 좋고 영양가가 풍부한 뜻이 담겨 있고, 모든 좋음과 행복한 뜻이 담겨 있다.

시는 사상의 꽃이고, 사상은 시의 열매(곶감)이다. 시와 사상, 영혼과 육체가 하나일 때, 이 '곶감의 철학' 속에 모든 새들이 군침을 흘리고, "서리 내린 분"이 하얗게 피어나며, 새로운 지상낙원이 열리게 된다.

현순애 시인의 「곶감을 꿈꾸다」의 주인공은 우리 한국어와 우리 한국인들의 영광 속에 전인류의 스승으로 그 날개를 얻게 될 것이다.

봄바람

현 순 애

집 나갔던 강생이
지난 계절 어디서 쏘다니다 왔는지
묻지 않기로 하자

한때 광야에서
드넓은 초원에서
갈기 휘날리던 수컷이다

명지바람 꽁지
붓끝에 묶어
탱탱이 부푼 젖가슴
건들건들 희롱하는,
허공에 대고 속살 여는
태어난 것들의 아비다

봄물결 출렁이는
목덜미 붉은 어린 사월이 초상
수채화로 완성하고
홀연히 떠나가는 화공이다

싱싱하게 물오르는 오월이년 엉덩짝 그리며

지느러미에 근육 만들고 있다는

풍문,

뜨겁다.

수많은 음식점들 중에서 가장 좋은 이름은 '소문난 맛집'일 것이다. '소문난 맛집'은 수많은 고객들의 정평定評이며, 최고급의 영광이라고 할 수가 있다. 사시사철 벌과 나비들이 찾아오듯이, 선남선녀들이 기나긴 줄을 서며 기다릴 때, 소문난 맛집은 돈을 벌고 고객 중의 고객들보다 더 높은 사회적 지위와 명예를 얻게 될 것이다.

인간 중의 인간은 영원한 청년이며, 영원한 청년은 현순애 시인의 「봄바람」의 주인공과도 같다. 봄바람은 집 나갔던 강생이 (강아지)가 되고, 집 나갔던 강생이는 "한때 광야에서/ 드넓은 초원에서/ 갈기 휘날리던 수컷"이었던 것이다. 영웅은 호색가라는 말이 우연이 아닌 것처럼, 출신성분이 좋고 건강하고 뛰어난 두뇌의 청년은 「봄바람」의 주인공이며, 종족의 명령에 따라 더 많이, 더 빨리 자기 자신의 씨앗을 파종하지 않으면 안 된다. 명지바람, 즉, 보드랍고 화창한 바람에 꽁지 묶어 마치, 인공수정하듯이, "탱탱이 부푼 젖가슴/ 건들건들 희롱하는" 영원한 청년은 모든 "태어난 것들의 아비"가 되고, "봄물결 출렁이는/ 목덜미 붉은 어린 사월이"를 "싱싱하게 물오르는 오월이년 엉덩짝 그리며," 하루바삐 성장하도록 "지느러미에 근육을 만들"어 주고 있는 것이다.

봄바람은 천의 얼굴을 지녔고, 봄바람은 모든 불가능을 가능하게 해준다. 현순애 시인의 「봄바람」은 소문난 맛집, '풍문'의 주인공이자 천하제일의 바람둥이이며, 정글의 법칙이든, 자연의 법칙이든지간에, '성의 향연'을 주재할 권리를 가진다. 집 나갔던 강생이를 드넓은 초원에서 갈기 휘날리던 수컷으로 변모시키는 힘도 탁월하고, 명지바람 꽁지 묶어 숫처녀들 탱탱이 부푼 젖가슴을 희롱하는 솜씨도 탁월하다. 목덜미 붉은 어린 사월이를 수채화로 완성하는 솜씨도 탁월하고, "싱싱하게 물오르는 오월이년 엉덩짝 그리며 지느러미 근육을" 만들어주는 솜씨도 탁월하다.

시인의 언어는 만사형통의 언어이며, 이 언어로 하지 못할 일은 하나도 없다. 언어로 인간의 사상과 감정을 표현하고, 언어로 음악을 만들고, 언어로 모든 사람들과 사물들을 그린다. 언어로 보이지 않는 것과 존재하지 않는 가상의 세계를 창조하고, 언어로 사랑과 평화와 행복을 주재한다. 언어로 그 옛날 사람들과 현재의 사람들을 만나게 하고, 언어로 과거와 현재와 미래를 이어주며, 더욱더 넓고 풍요로운 새로운 우주를 창출해낸다.

현순애 시인은 무정형의 「봄바람」을 인간화시키고, 그 봄바람을 너무나도 엄청난 '성의 향연'의 주인공이자 명품인간으로 변모시켜, 이 세상의 최고급의 '성의 향연을 연출해놓는다.

현순애 시인은 하늘도 감동하고, 시신詩神마저도 감동할 만한 명시名詩, 즉, 「봄바람」의 시인이라고 할 수가 있다.

현순애 시집

붉은 광장이 소란하다

발　　행　　2023년 7월 10일
지 은 이　　현순애
펴 낸 이　　반송림
편집디자인　반송림
펴 낸 곳　　도서출판 지혜
주　　소　　34624 대전광역시 동구 태전로 57, 2층 도서출판 지혜 (삼성동)
전　　화　　042-625-1140
팩　　스　　042-627-1140
전자우편　　eji@ji-hye.com
　　　　　　ejisarang@hanmail.net
애지카페　　cafe.daum.net/ejiliterature

ISBN　　　979-11-5728-508-2　03810
값　　　　　11,000원

* 본 도서는 충청남도, 충남문화재단의 후원으로 발간되었습니다.

현 순 애

현순애 시인은 충북 음성에서 출생했고, 2022 계간 『애지』 신인문학상으로 등단했다. 제3회 이상설 추모 전국시낭송대회 대상을 수상(2018)했고, 계룡문학상을 수상(2019)했으며, 현재 계룡문인협회, 애지문학회, 향적시 회원으로 활동하고 있다.

현순애 시인의 첫 시집, 『붉은 광장이 소란하다』는 자연과 시간이 빚어내는 심미적 가치를 발굴하는 심미안도 예사롭지 않지만, 발효와 삭힘의 미학적 효과라든가 시간이 빚어내는 구상적이고 추상적인 예술적 효과로서의 무늬를 그려내는 상상력도 범상치 않다. 무엇보다 과장과 허세가 없는 시적 전개와 균형감각, 그리고 정갈하고 단정한 시적 형상화가 시인의 앞으로의 행보를 주목하게 한다.

이메일 주소: saesop@hanmail.net